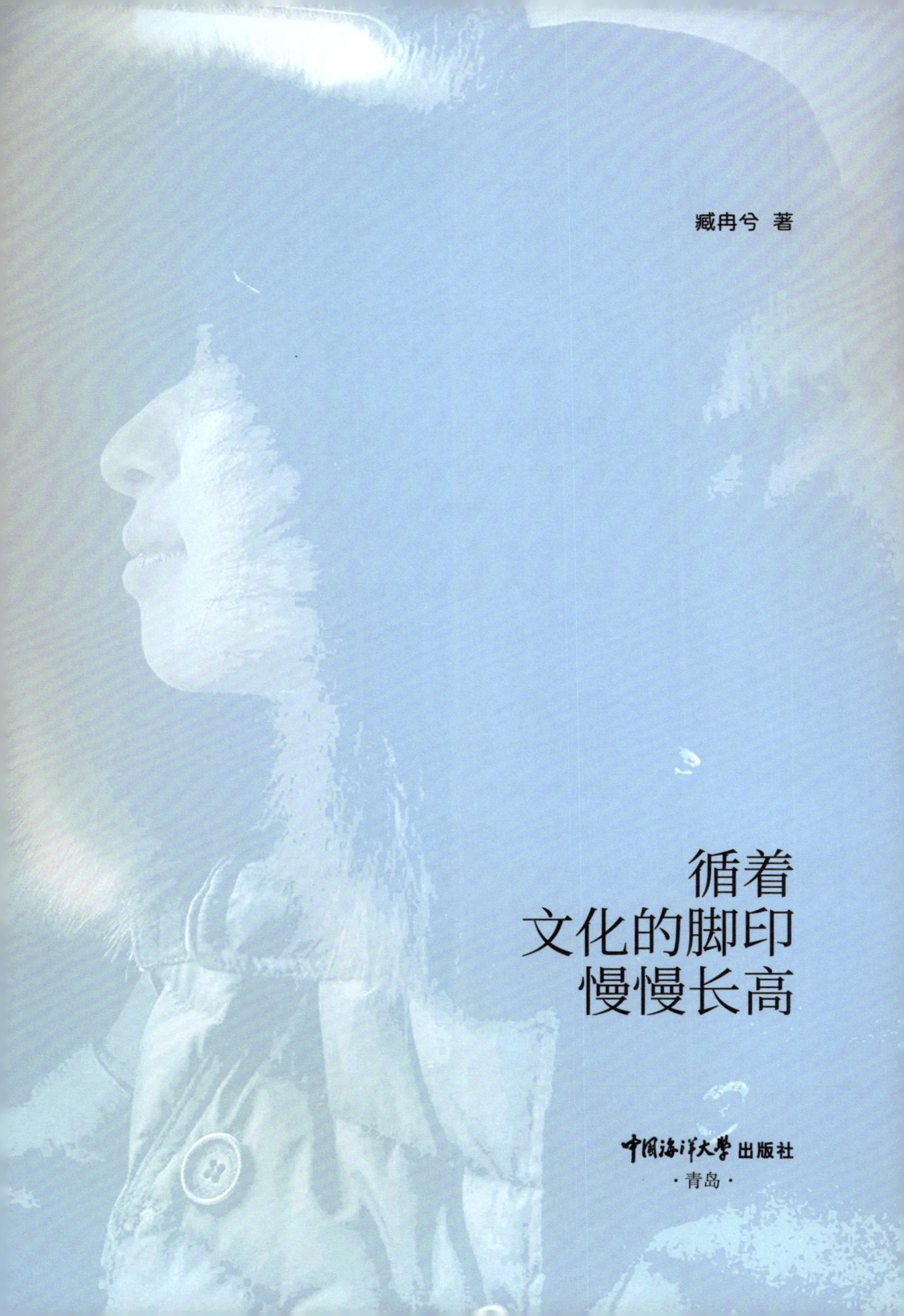

臧冉兮 著

循着文化的脚印慢慢长高

中国海洋大学出版社

·青岛·

目录

序 I   小冉，迎着阳光雨露长高

杨志军

如果历史从小冉开始，她的思考一定是：我还能创造什么？于是被创造的一切纷至沓来，那里有我们迄今已知和未知的全部艺术。她是艺术之母，随心所欲。

然而，每个人的遗憾也是小冉的遗憾，历史变成了长河才有了她，她只是一滴水的开始，是一棵苗的长高，放眼四野，森林茂密，大地葱茏。

她惊异而好奇地望着四周，看到卡塞尔文献展的灵魂——凯瑟琳·大卫（Catherine David）女士朝她走来，炯炯有神的眼睛里涌动着不曾停歇的思想，浅浅地微笑着，温和地喊她"Nancy"，又严肃地启示她：艺术史是批判的历史。看到亨德里克斯的吉他小模型摇晃在家中的镜子上，摇滚乐的节奏正通过 *The Road to Woodstock* 告诉她：历史虽然老去，但透过迷幻的烟雾，只要能捕捉到一朵花的和平、一缕风的自由、一片枫叶似的飘忽不定的爱，那也是人类精神的一部分。看到大卫·鲍伊的音乐故事和无穷变化的风格里，永远透露着对自我几近疯狂的守卫和发散，用心脏热爱音乐的人并不会因为心脏停

止跳动而丢失音符，"终极的行为艺术"是结束也是开端，一天英雄和一生英雄的区别不在于作为英雄的时间长短，而在于历史回声的或强或弱。看到大卫·霍克尼在拒绝风格化的背后，透露出一个艺术家追求内心自由的坚定，他只在乎表达自己不断更新的感受，只在乎挥洒自如地开辟仅属于自己的艺术天地——我就是我，贴标签的永远是别人，一种斑斓的去模式化的现代主义气质氤氲而出。而当她看到贾樟柯的《一直游到海水变蓝》时，又意识到艺术是疼痛者的马背，那些因痛楚而表达自己的导演和作家或许会走得更远。

　　小冉关于艺术的涉猎和由此生发的见地预示了她对理想主义的兴趣，她渴望诗意地长高，去和所有大树一起享受阳光雨露，为此她几乎分秒必争地利用了自己的课余时间。她走向92岁的表演艺术家沙漠奶奶，去体会沉浸和执着换来的生命含量。演员就是用别人的故事演绎自己的人生，她展示自己的办法就是一次次地回到角色，不管角色是高贵还是低贱、是欢乐还是凄凉，艺术家自己都应该是丰富而温暖的延续。而小冉自己的舞台表演更像是一个获得启示的过程：每个人都有舞台，如果不能给自己寻找角色，帷幕就会永远关闭。她找到了自己的角色，并且因为一句"咦，我的蘑菇去哪里了"而变得既精彩又富有哲理："舞台上的随机应变就是尽管出了差错，也要硬着头皮不乱方寸地演下去。"

循着文化的脚印慢慢长高

世界上的事和我们的人生何尝不是如此？"补救"既是神的作为，比如女娲，也是人的情怀，比如我们。由于历史发展和现实呈现的残缺，一切有益的工作都是为了补救。她因为学钢琴而观看了傅聪先生的钢琴音乐会，再去读《傅雷家书》，认识了一个博学而严厉的关爱者，目的不是为了光宗耀祖，而是为了"永不被卑下的情操所屈服"。这是"人"的诞生，是长高的年轮里尤其醒目的一圈纹理。

她走近北岛，走近欧阳江河，走近谢冕，走进王秋华设计的建筑，走近任锡海的《年味儿》，走近扑灰年画老艺人吕延祥，感受一脉相连的艺术，发现那些灵动的风景原来是情感世界的日积月累，是被苦难打磨过的光亮。艺术是创造力的爆发，其中一定有思想的撞击。真正的思想远不止是理念的表达，更是生命的规律和情感的逻辑演绎出的板块运动，是心灵深处的熔岩晶体化以后产生的硬度和锐度。

小冉知道，无论阅读还是走近，都不能占满自己的空间，在她迎着阳光雨露长高时，还必须有行动的能力，有志愿者的古道热肠。人生就是一场志愿，我们志愿走过或笔直或弯曲的路而不去悔恨当初，并不是因为覆水难收，而是因为我们选择的底色过于纯洁，它不允许在别处已经铺天盖地的污恶之花绽放。她参与少年良友的城市巡游，讲解名人雕塑、德式建筑、老旧民居，代言的过程里，作为见证的是神采飞扬的她。她觉得自己有能力活成一种见证，所以她要讲，还要思，因为不经过思考的历史既不代表提纯后的呈现，也不表示磨砺后的精彩，更不能证明我们回望的眼眸有多么清澈。回眸伴随着思考，小冉的志愿带着芳华必赏的期待，是播种与收获的恒等。她参与学校建校一百二十周年在青岛市美术馆的校友书画展的布展工作，把它当作贴近艺术的另一种途径，因此明白了策展人举足轻重的地位——他们是艺术之光的第一感应器，是知音和保姆，他们的修为、眼光、公道、良知都可能成为拔擢或埋没的力量。她一定想过，未来的时光里如果自己成为一个策展人，是否也能像前辈们那样，让期待吐香的花木感到阳光灿烂呢？她去遥远的香格里拉给村里的藏族孩子补习功课，奉送英语和数学的同时，得到了纳帕海草原的回馈，那是在天地间一任泛滥的美景，折服是双向的。她发现大自然才是烦恼的过滤网，如果心里有拥堵，只要对着蓝天白云吸一口干净的空气，就会豁然开朗。她望见了自己的地平线，那儿有永不消失的香格里拉。而一个望着香格里拉走路的人，一定懂得抚慰荒芜的办法就是"相信未来"。

　　长高的年轮从地面升起，行走的轨迹从脚下开始。小冉迈出步伐时，她面前的城市已经有一百多年历史，故乡的土地正处在销蚀旧迹的过程中，急匆匆的寻访里，带着沉甸甸的遗憾：我们还能挽留多少？贮水山的大庙没有了，只有一百零八级石阶诉说着过往。侵略不可能永恒，但消失的不应该是建筑，因为它是一种警醒：有过屈辱历史的我们，不能再有屈辱的未来。她走向被翻新的里院，"咔嚓"之后的光影在告诉她青岛人曾经的生活，流逝是伤感的，却也是必须的，艺术的目的常常是为了在流逝和伤逝之间寻找平衡，是为了留住时间也留住变化的一次情感拼贴。被时间磨损后倏然消失的还有青岛的"母亲工业"代表物——纺织厂，小冉的爷爷和太爷爷都曾是依靠纺织厂养家糊口的人，对他们来说，失去的不仅仅是"饭碗"，还有"锅"。好在小冉已经不需要在那口"锅"里吃饭了，那口"锅"在她出生前就已经被翻新成一架卧地的飞机，走进了爸爸的童年。同样消失的还有青岛的"父亲工业"的代表物——四方机厂，它的旧址上竖起了一幢幢高楼大厦，而小冉却想推开它们，看看那些被遮蔽的轨道上，第一辆蒸汽机车是否还会鸣笛而来，带着线条的流动、音符的嘹亮？

　　小冉行走的不是一个人的夜路，她的长高也不是独自向上，而是有呵护，有引导，有支撑。有玛吉（Margy）太太送给她《丛林的秘密》，并身体力行地告诉她什么才是活着的力量。有雷明顿（Reminton）小姐的帮助以及在伊迪丝皇后小学的经历——她经历了交流不畅的孤独之后，突然发现有了"被需要的能力"，困扰自己的语言终于变成了帮助他人的工具，原来付出才会带给一个人真实的存在感。有"成长读书会"的同学友谊，他们携手从《苏菲的世界》走到《悲惨世界》，然后开始了对胶济铁路的"调研"。有管风琴演奏家约翰斯先生为她点拨指法和介绍曲目——他是她的钢琴老师，却从来不收学费，因为他不认为这事儿跟钱有关系。遗憾的是离别仅仅两年，先生就溘然长逝，发来的照片上只有墓地和鲜花以及一个躺倒在地的高音谱号，让小冉第一次感受到了浮生忽若风吹尘的残酷。但更残酷的还是爷爷的去世，她坐在沙发上，用眼泪写下了《致远去的爷爷》："再也没有人会在我吃饺子时让我猜是什么馅了……"头顶是悲伤的蓝天，饱满到万里无云，身边是哀思的海，已是大浪呜咽。好在她无论长得多高，走到哪里，都不会缺少亲情的润泽与温暖，爸爸和妈妈给了她健康的生命，也给了她生活的意义，让我们透过这本书看到：和她一起长高的，还有对世界的认知，还有思想，还有爱。

如果思想从小冉开始，她一定会说：爱你们，这是世界上最伟大的思想。

杨志军，1955年生于青海西宁，现居青岛；主要作品有长篇小说《环湖崩溃》《海昨天退去》《大悲原》《藏獒》《伏藏》《西藏的战争》《无岸的海》《最后的农民工》，儿童文学《最后的獒王》《骆驼》《海底隧道》《巴颜喀拉山的孩子》《三江源的扎西德勒》等；曾获得全国优秀儿童文学奖、"五个一工程"文艺类图书优秀作品奖、中国出版政府奖、全国文学新人奖，《藏獒》入围第七届茅盾文学奖；部分作品被译介到多国。

序 II 格局养育，生命未来

孙睿

　　摆在我面前的，是一本让我读起来津津有味放不下的书。循着冉兮同学的脚印，我触摸到了一个又一个萌动的生命场景，充分感受到一个孩子成长时那份厚积薄发的力量。

　　作为校长，我一直关注教育，也一直求索，我们要把孩子培养成一个什么样的人。现在，假如再有人问我这样的问题，我会回答他："去读臧冉兮同学的书，这才是教育希望孩子长成的样子。"

　　教育就其本质而言乃是"教天地人事，育生命自觉"。《"母亲工业"和爸爸童年的玩具飞机》让我看到了冉兮对城市化的追思；《普吕肖夫，和一本回忆录里的青岛战事》让我看到了冉兮悲天悯人的情怀；《九中校友画展，微风中的散记》让我看到了冉兮作为展览助理的艺术感知；《玛吉太太，走在信仰的丛林里》让我看到了冉兮眼里对于信仰的独特生命理解。

　　十六七岁，正值孩子青春期的成长阶段，也是一个孩子成长为独立自主的成人、具有自我创造力和迈向心智成熟的关键阶段。我很开心地看到，冉兮在对天地人事、历史现实的穿越中，不断地外观，也在内观：我是谁，我的价值在哪，我未来要选择怎样的生活。这何尝不是一场走向"自我同一性"的生命探索。

冉兮的成长，得益于她的父亲大漠不舍思索的格局教育。作为孩子家长，他也曾面临当代家长所经历的一切焦虑，譬如孩子中考能不能考上重点高中？譬如周围的孩子都在上补习班，孩子要不要上？心疼与无奈，恐怕是每一位家长内心的真实写照。

最终，自身的成长经历让大漠选择了相信兴趣和热爱的力量，并以合作书写公众号文章的方式，在同一空间下陪伴孩子成长，一起体验生活的乐趣，发现自然的魅力，记录生命的力量。

感谢大漠给了读者一份有解答案。正如他说"兴趣和热爱才是开启知识大门的钥匙，培训是反向的，会让兴趣寡淡，会让热爱低烧"。回顾我的从教经历，有太多这样的案例。班上的一名足球少年，就因为七岁时和同学一起看了一场足球比赛，就深深地爱上了这项运动。而他的父母，竟然完全没有接触过足球，却一直默默支持孩子的梦想。如今，这个男孩虽然瘦瘦小小，却已经是市队的主力，得过大大小小的荣誉，也更加坚定了"踢进北大"的决心。信任和尊重孩子自带的能量光芒，引导孩子成为最好的自己，我们就能成为拥有大格局的父母。

"爸爸不是个成功论的鼓吹者，但一定是丰富与自由的鼓吹者"，这是大漠和孩子说得最多的一句话。我想正在阅读这本书的家长，也需要思考，成功是否只有一种答案。

我曾遇到一个孩子，考试没考好在我面前哭着说"要是我是学习的机器就好了"。我轻抚他的肩膀，对他说："机器会有情感吗？正因为你是人，所以你会哭，会感知人间悲喜，会因为一次没考好而难过，更会因为下一次的进步而欢欣雀跃。曲折前进、螺旋上升，本身就是万物发展的基本规律。"一场疫情，我也突然发现周围竟然有那么多"失控"的家庭，那么多"失控"的孩子，出现心理问题的学生成倍增长。我们要反思，我们花了九牛二虎之力帮助孩子打造知识和专业的硬核能力，到头来却发现唯独没有为孩子准备好过平凡生活的快乐能力。而一个能够在平凡生活中找寻快乐的人，必定是一个内心世界自适充盈的人。或来自流动的生活场景，或来自项目式的探究活动：寻访青岛老城的文化记忆，组织一场少年良友的读书沙龙，做一次青岛九中校友画展的小助理，看一场纪录片，看遍天地人事，参透人情世故……

人格的发展，要先于智力的发展。心灵丰沛、生命成长、人文理性、家国天下，这是我从冉兮身上看到的宝贵品质，也是"礼贤"这所学校持续赋予孩子们的精神气质。为人父母，要为孩子做一件事：搭建起真正让心跳动的生命场景，打卡生命中一件又一件涵养人文底蕴、增进生命理解、拓展生命宽度的事情。为人父母，要以更大格局、更大视野，带孩子探索和搭建受用一生的"精神防空洞"！

　　此书由臧冉兮同学所写，名为"循着文化的脚印慢慢长高"。但我想这本书更应该推荐给大朋友们看，因为在通往生命未来的路上，我们都是虔诚的"朝圣者"。我们是大人，也在循着孩子的成长慢慢变老。

　　相信孩子由内在自我走向外在世界的自然成长。如果你也有我这样的期盼，那么我真诚地推荐这本新书。

孙睿，山东省青岛市第九中学校长，正高级教师，青岛市教育学会副会长。系山东省优秀教育工作者、齐鲁名校长、青岛市劳动模范、青岛市拔尖人才、青岛市名校长、青岛市教书育人楷模；著有《新人文教育之路》《新人文教育的"一千零一夜"》《我的教育故事》等；长期引领学校践行"新人文"教育理念，实施选课制、走班制、学分制、导师制、学长制"五制"改革，推进全面、全员、全程的小班化分层走班教学实践。

问问这座城

冉兮 Nancy

FOLLOW ···

在青岛"一战"遗址博物馆，"遇到"了贡特·普吕肖夫（Gunther Pluschow）先生和他的战争往事。

A unique insight on the German pilot, Mr. Gunther Pluschow, and his wartime reminiscences at Qingdao WWI Relics Museum.

普吕肖夫，和一本回忆录里的青岛战事

普吕肖夫的青岛生活照
Gunther Pluschow in
Qingdao, 1910s.

1914 年，普吕肖夫和他
的鸽式战斗机
Gunther Pluschow and
his Fighter, 1914.

高中的第一次"社会课堂"，是参观青岛"一
战"遗址博物馆。这里还只是炮台山公园的时候，
我来过几次，是因为家里有对历史有兴趣的朋友来，
老爸会带着来这里参观。那几门对着大海的冰冷大
炮，隐蔽在山体里的工事像历史的秘密，会让人想
起这个城市的往事。

"一战"遗址博物馆是新修建开放的，缓缓而
下的浮雕墙和令人眼花缭乱的展品，让历史一下子
有了温度。图像和实物，把一场曾经深深影响青岛
命运的战争，展现得更加生动、饱满。

在这里，我"遇见"了贡特·普吕肖夫先生，
因为我读过他的书——《一个德国飞行员的冒险之
旅》。这里的一张照片和书的封面一模一样，贡特·普
吕肖夫先生穿着英武的军官服装，双手插兜，别着
勋章，戴着军帽，腰挺得笔直，眼睛坚定地凝视着
远方。

循着文化的脚印慢慢长高

2020 年 10 月 3 日，在青岛"一战"遗址博物馆拍的资料和照片

2016 年，柯瑞思先生来青岛签售《剑桥与小镇八百年》时，做他的签名小助手

青岛是第一次世界大战时唯一的亚洲战场。日本看好了德国人建设的新青岛，贪婪地想据为己有，就通过与英国结盟的方式向德国宣战。两年前，《剑桥与小镇八百年》的作者尼古拉斯·柯瑞思（Nicholas Chrimes）先生再度来青岛，爸爸还和他打趣说，你看，英国被日本利用了。

普吕肖夫是热爱青岛的德

国飞行员。他在书中把青岛比作自己的第二故乡，尽管他在青岛只生活了不到一年的时间。在日德战争中，德国海军在青岛拥有两架鸽式战斗机，一架因为撞毁已无法飞行，普吕肖夫就成了只身作战的飞行员，而他在青岛参加的空战，也是在中国大地上发生的第一次空战。

那时候的飞机场，就在现在的汇泉广场。这里曾经是运动场，也做过跑马场。

从书中可以看到，普吕肖夫在得知自己被选中当飞行员后的兴奋与自豪，有一种"学了一身的功夫终于能够展示"的喜出望外，对于一人去遥远的青岛没有一丝恐惧，所有人也都因为他将成为青岛的第一位海军飞行员而祝贺他。起初，由于天气原因，积雪导致不能马上试飞，他内心急迫，在漫长的等待中度日如年，可见他对于飞翔的渴望与期待。

战前的青岛，街市的物美价廉使他满心欢喜，对汇泉的小别墅，他也很满意，"在有中国人的地方，欧洲人是不可以干活的"。由此可见，当时洋人与中国人地位的不同，他作为一名德国人，固然是很享受这不平等的服务。

印象很深的是，在战争中，当他掌握了很多关键的信息后，他决定愚弄一下敌军，于是就建了一个新的机库，将真正的飞机隐藏起来。他仰望天空，看着日军无用地消耗着炸药时，捧腹大笑。

最终因为寡不敌众，德军还是战败了。普吕肖夫带着秘密文件逃离青岛后，中途降落在江苏省的一片稻田里。在降落后，他在飞机里，看过中国人对着飞机的咂舌惊叹。

几经周折，他竟然被迫逃往美国。在这里，普吕肖夫亲眼看到邂逅的战友经历过难得的洗漱后，露出了好身材，从水黑如浓汤的盥洗盆出来，仿佛换了一个人。在监禁生活中，他就与这个德国大学生结为了盟友，并敬佩这个为报效祖国而放弃美国一切的金发学生。在美国没有太久的停留，他又辗转到了英国。

没想到，他在英国的遭遇还是监禁。在枯燥无味的生活中，普吕肖夫多次提出申请，但收到的回馈都是讥讽与嘲笑。无奈之下，近乎发疯的他和狱友一起出

普吕肖夫战时回忆录的德文版和中文版

2020年12月19日，在青岛文学馆给青岛大学国际教育学院的学生介绍普吕肖夫

逃。出逃成功后，饥渴难耐的他找到一个肮脏的小水坑饱饮一顿，在看到红日时又燃起了希望。

在伦敦，普吕肖夫也是东躲西藏的冒险家，他亲眼看到了自己的追捕令，又幸运地躲过了警察的袭击，敏捷的他能"逃里偷闲"到酒馆里娱乐，还去看了个伦敦大娱乐场的专场演出，去了最好的画廊，甚至搭乘公交车。最终，他划着小艇，经历过淤泥的"洗礼"、河水的席卷，终于成功坐上了回国的列车。经历了千辛万苦的他，得到了德国皇帝威廉二世的奖赏，被誉为"从青岛来的英雄"，领授"铁十字勋章"，继续将飞行作为自己引以为傲的事业。

有着传奇的经历，普吕肖夫把这些故事写成了书，没想到竟然大为畅销，仅德文版就卖掉了六十多万册，还先后被译成十一国文字。很多外国人，正是从这本书中知道了东方还有这样一座美丽的城市——青岛。

无论是参观博物馆，还是读普吕肖夫的书，都让我了解了城市历史的一个侧面，也深深懂得，没有战争，才是人类真正的宁静与美好。

冉兮 Nancy

FOLLOW ···

青岛是个小山林立的近代城市，每一座山都隐藏着神秘的城市故事。

Qingdao is a modern city studded with many hills. The mysterious stories related to the colonial history hidden secretly in each of them deserve to be explored by my own steps as a native youth.

正月初三，在雨雾中转山

细雨蒙蒙。大年初三，在雨雾中转山。

登贮水山前，要经过黄台路历史街区。还没上山，就先看到老房子。那一栋又一栋老建筑里，曾经住着不少日本人。下车率先看到的黄台路 33 号，是商人乾真五郎的住宅，黑色的数字"1939"映入眼帘。这座二层楼，有眼睛一样的圆窗，只是被几个纸箱壳封住了，透过外走廊小楼梯的窗子可以看到一点点内景——空荡荡的房间及白色的墙壁。往

寻访黄台路历史建筑

下走，27 号长长地趴在半坡上，三井幸次郎曾在这里修建住所，他的职业是建筑设计师，曾设计过壮观的青岛取引所，这里被另一名设计师筑紫庄作重建过，设计的奥妙正在于这座楼上不同的四个入口。爸爸很推荐筑紫庄作的设计，说他擅长用外楼梯分配同一座楼上的不同住户，19 号果然也是如此，虽是 1930 年的建筑却显得更加现代，多种形状的窗户有着各自的秩序感，我们在这座楼前站了好一会儿。

带着这些知识爬山，我心里感觉怪怪的。这里曾叫大庙山，直到日本人离开后才得以改名。曾经的日本人希望通过自然的永恒来象征权力，"山"的固定之力吸引了他们，于是他们希望通过山来宣示地位。

这里曾有的"大庙"已经没有了，老照片上的樱花道也没有了，唯 108 级的大阶梯尚在，爬起来可不轻松。在树丛里，我还看到了一些可爱的

寻访 1917 年落成的日本高等女校"纮宇女中"旧址

10

爸爸在大庙山介绍群山

动物雕塑，有的虽然破损了，但被雨水冲刷得很干净，很美好。

在贮水山的山顶上，可以看到青岛的其他山头。爸爸一一指给我看，说我们今天去看其中的两座。

下了山，很快就到了观象山，就像只是移动了一下视线。观象山也有自己的故事，正如历史是变动的，山是永恒的。像贮水山一样，观象山也贮过水，1897年德国人占领青岛后在这座山上兴建了贮水池，所以这里最初叫"水道山"。1905年，德国人将皇家青岛观象台搬到这里，就又改名"观象山"。1914日军占领青岛，给它改名为"测候山"。顾名思义，测量气候。

观象山给我的感觉很不错，蜿蜒崎岖的小路变得平整起来，两旁的居民楼明显比贮水山下的好得多，没有那么多闲置破损的老房子。两旁的别墅很抢眼，静静地矗立在那里，一点嘈杂

循着文化的脚印慢慢长高

在观象山

信号山俯瞰

感都没有。下山遇见蒋丙然先生的故居，他1924年来到青岛，在观象山天文台担任台长，后来还与宋春舫先生等人创办了青岛水族馆。遥想那时候，走几步就可以去上班，也是很惬意的。观象山的海拔不高，上上下下没用多长时间，我们很快就到了信号山下。

从贮水山看，那两个标志性的红色圆球还挺神秘。等到真正爬上去了，也没有想象中的神秘。在旋转观景楼上可以看到老青岛的全景，就像徐徐展开的画卷。因此，游客们会来青岛信号山"打卡"，我之前却从没有来过。尽管那天起了不小的雾，但仍有一些外地游客前来。

信号山是为来往胶州湾的船只传递信号的，故又叫"挂旗

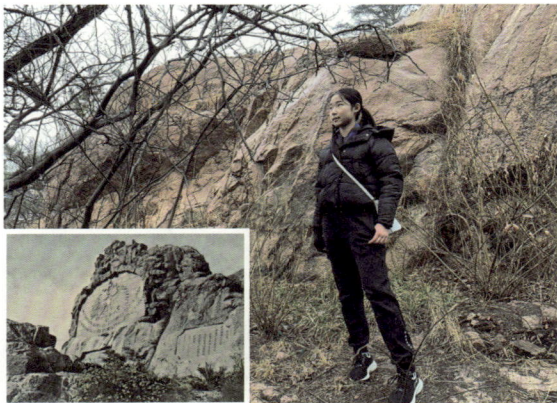

寻访迪特里希碑 / 迪特里希碑旧影（左下）

山"。日本军队侵占青岛时，用其指挥官神尾光臣的名字将其命名为"神尾山"。2020 年我去炮台山"一战"遗址博物馆参观时，还看到了他的书法作品。书法远比他的军刀美好。

在这座海拔 98 米的山上，我们还寻找了一下迪特里希碑，它的位置就在半山腰的山崖上，曾经是德国人占领青岛的标志。只不过，不仅照片上的那只展翅的老鹰没有了踪影，连一点斧凿的痕迹也没有找到。石崖上，却有着被火烧过的痕迹。

寻访历史，往往不能总是如愿得到结果。如同屈辱的过去留下的印记，不知道什么时候就被消除了。唯有耐心感受，才会有自己的发现。

冉兮 Nancy · FOLLOW · •••

里院建筑在青岛非常具有代表性，一个又一个的小房间里，五味杂陈；它的繁荣与消失，也都让人难忘。

♡ ◯ ✈ · 🔖

👤 Liyuan courtyard, is a sort of typical Qingdao architect for both residence and commerce from the early 20th century to the present, where there are sweet and bitter stories in one small room after another. Both its once prosperity, and gradual disappearance in the urbanization drive are unforgettable.

老里院里的生活与记忆

曾经去过三次青岛的老里院，每一次给我的印象都足够深刻，它的变化也足够鲜明。

第一次是 2016 年的中秋节，我去给西镇的姑奶奶送节日礼物。姑奶奶住在西镇几十年，婚房是在老里院的天井里盖的一间小屋，后来搬到了一座巨大的楼上，那座楼竟然也有一个天井。

因为西镇的里院几乎被拆光了，爸爸带我到云南路和东平路去看。东平路是一条向下倾斜的马路，路北侧有一排矮矮的里院，房子有些褪色，二楼的小方形窗已被木板或砖头堵住，一楼的多数窗户也被水泥色的砖填平，几个歪歪扭扭的红色"拆"字写在墙面上。不平整的灰墙与旁边的楼中间扯着许多电线，而这排里院旁边就有很多新建的高楼，有点盛气凌人的样子。周围的街道上空荡荡的，偶尔有人走过。走进里院时，要通过一条窄窄的小道，路并不平整，几丛杂草从地缝里钻出来；小道旁有

15

2016 年 9 月 15 日，走访台西里院

　　几扇敞开的铁门，铁门里也杂草横生，废弃的柜子、沙发堆在一起。

　　进入院内，门口的公用水龙头早已锈住，任凭池子里被破烂填满，抬头望见的是类似中国传统四合院式的几层楼。从手机中可以查到，里院是融合了中国传统四合院和西方商住式公寓特征的建筑，是青岛居民最早的生活聚居地。锈迹斑斑的铁栏杆上有晾过衣服的痕迹，有限的栏杆间扯着晾衣服的细铁绳，有几个衣架钩还在各家各户的门前。上楼去，透过残缺的玻璃窗看到里面小小的空间，大约八九个平方，东西都搬空了，只有脱落的墙皮躺在地面上，很难想象一家几口蜗居在这样一个小小房间里的生活，这样的景象引发了我的好奇。

　　第二次去看里院是在 2017 年夏天，参加"里院之光·火"展览活动。东平路 37 号的里院外墙，被水泥涂抹过的地方用红色的帷幕遮住了，曾经在里院住过的、有里院记忆的长辈们也

2017 年 7 月 15 日，参加摄影文献展

循着文化的脚印慢慢长高

2017 年 7 月 15 日，参加摄影文献展

2020 年 12 月 19 日，和非洲裔留学生在大鲍岛整修过的里院街区

来了，我不知道他们望着自己的旧居时有怎样的心情。铁栅门上挂着装在塑料袋里的青岛啤酒，门口的小桌上放置着棋盘。进到院子，各家在旧居的彩色照片被安置在对应的门口，长辈们在空地的小桌上放上了小啤酒杯，伯伯们坐在马扎子上拉二胡，还原了旧时的大院生活。"外面的大门一关，大家毫无血亲却亲如一家。"许多老居民拉起了家常，雕塑家徐立忠爷爷和他弟弟也来了，这里曾经是他们的家，想必他们心里一定也五味杂陈。想象往日的场景，谁家做饭都能闻到香味，居民的生活、娱乐都在院子里进行，孩子们在一起玩耍，跳房、跳绳、捉迷藏，也一定会听到不少爷爷奶奶讲述的故事吧。

最近一次参观里院是在 2020 年深秋，和青岛大学的留学生、研究生哥哥姐姐们一起穿行老城。来到广兴里，这个曾经青岛最大的里院。建筑被修复成新的样式，透过明净的窗子，看到里面的小桌上陈列着很多设计作品。门是锁着的，人被挡在了门外，被整修过的里院已焕然一新。

建筑的模样，看起来既熟悉又很陌生。从有人居住、生活过的院落，到不再有平常生活的空间，里院承载了一代代青岛人的记忆，这些记忆也连通着城市的发展与变化。

不知道，那些再次踏入新里院的老居民，是否觉得那还是他们熟悉的地方。

冉兮 Nancy　FOLLOW　···

纺织业是青岛的"母亲工业"，我的家庭也与纺织业有着千丝万缕的联系。华新纱厂不仅是青岛纺织业的起源，也是"一战"时期华工的集结地。

♡ ○ ◁　　　▷

Textile industry is the mother industry of Qingdao, and my family is closely connected with it. The former site of Huaxin Textile Factory was not only the origin of Qingdao textile industry, but also the assembly site of Chinese laborers to go abroad during the WW1.

"母亲工业"和爸爸童年的玩具飞机

和爸爸聊他的童年时，他常会提起自己童年的一架玩具飞机。那是爷爷和翻砂工友用旧时的铸造法为他翻制的。爸爸说，他一直记得车间里灰褐色的方形砂坑和悬挂在车间顶棚上的吊车，那是他童年对工厂的印象。这架铝制的飞机也让爸爸爱上了航模，奇怪的是，从小爱科学的他最终却拿起了笔。

爷爷在印染工厂里工作了一辈子，印染是与纺织有关的行业。而爷爷的父亲与母亲也曾在纺织厂工作。爷爷说，老爷爷很小的时候就在大康纱厂做工，后来参与修建了丰田纱厂，他勤奋学习技术，负责管理和维护工厂里的动力皮带，而那时候一条大皮带要能拉动一个车间的设备。

所以，我的家庭与纺织业的关系十分紧密，还有一些亲戚在纺织厂工作，这也让我十分好奇青岛与纺织的关系。五一假期，爸爸决定带我去这些工厂看看。

21

循着文化的脚印慢慢长高

为了更好地了解纺织工业，我们先去参观了青岛纺织博物馆。博物馆的入口处，有四个大字——"母亲工业"。据相关资料介绍，纺织工业几乎和青岛的家家户户血脉相连。在1946年中国纺织建设公司青岛分公司建立之后，青岛纺织工业的产值占了当时全市生产总值的四分之三。1987年，青岛号称有"十万纺织大军"，而那时候城市的总人口也只有一百多万，纺织工业的确像是青岛的"母亲工业"。

在博物馆里，我见到了1902年德华缫丝厂的照片，也认识了青岛最早、最大的民族棉纺企业——华新纱厂，还看到了老爷爷工作过的大康纱厂和丰田纱厂的老照片。"一战"之后，从德国人手里夺取青岛的日本人在青岛建立了八家纱厂，这里生产的棉纱都卖给了谁？

爸爸给我讲解了纱厂建筑的形式，他说这些建筑带有鲜明的包豪斯风格，几何式的构形跟古典主义的大屋顶已大为不同，建筑的屋顶像锯齿一样，可以根据需要一侉一侉地层层延伸、复制扩大。从纺织谷车间里的铸铁立柱和

"母亲工业"的大标识

爸爸讲解纺织大事记

在郝建秀工作过的细纱机前

一层层透进光亮的窗户，可以看出这些特征。博物馆里还陈列着清棉机、梳棉机、精梳机、并条机，我还到全国劳动模范、后来的纺织工业部部长郝建秀工作过的细纱机前站了站。墙上展板的介绍里说，她十四岁就进工厂做工人了，做工人时的年龄比我还小呢。

遗憾的是，五一节的纺织谷里人并不算多，看来多数人还不太了解这个地方，好在有一队小学生来参观，使博物馆显得热闹了一些。博物馆外的一条大道上有一些人在摆摊卖东西，

遇到来参观的小学生

循着文化的脚印慢慢长高

在这里我还享用了一团大大的棉花糖。

　　接着我们去了曾经的国棉六厂，那正是郝建秀工作过的工厂。在"钟渊纱厂遗址"的铭牌前停下车，费了一番周折才得以进去，我看到了工厂里的铁轨，它可以与胶济铁路连通到一起，十分方便货物运输；还看到了曾经的库房与厂房，它们就像是一个个破了的铁盒子，铁皮生了锈，很空洞，但与其他被改建成居民楼的纺织工厂相比，这里已经算是很完整的一部分了。

　　在一片空旷的观景台上，望着远处的青岛北站以及来往的火车，想象着现在已经杂草丛生的地方，的确曾经轰隆隆地跑过列车。

从国棉六厂（钟渊纱厂旧址）西望火车北站

国棉六厂（钟渊纱厂旧址）的棉纱库房和厂内铁路

　　之后，我们又去看了国棉九厂和青岛第二印染厂，这里以前都属于华新纱厂，院子里显得有些杂乱，已经看不出工厂的模样，好像是一个又一个大仓库。在国棉九厂外的马路上，我也见到了一段铁轨，它蜿蜒着伸向胶济铁路的方向。

循着文化的脚印慢慢长高

纺织博物馆里的广告画

　　回来的路上，爸爸让我去采访爷爷。爷爷竟然从他的旧书里翻出一叠商标给我，而这些商标我刚刚在纺织博物馆的展柜里看到过，它们是蓝凤、白猫、熊猫、万年青，还有英姿勃勃的秦良玉……爷爷说这些商标纸是印好后粘贴到布包上的。爷爷一直用它们作书签。

　　爷爷给我讲了一些关于工厂的故事，也讲到了纺织厂和印染厂不同的工作环节，什么是前纺，什么是细纱，什么是后纺，什么是织布；什么是染色、印花、整理、洗水。随着爷爷的讲述，我好像看到了一丛丛的棉花，又看到了一匹匹的花布，这中间，都是纺织工人的劳作。

对逐渐消失的工厂，爷爷也觉得非常可惜，大多数纺织工厂都变成了"房地产"，他们有的叫这个"花园"，有的叫那个"花园"，都是为了卖房子，然而这些房子里，既没有历史，也不再有生产的活力，更没有这个城市曾经的青春与记忆。

随着这些工厂的拆除，我有两个问题：工业遗产到底是什么呢？工业遗产对于一个城市有什么意义呢？

写到这里，我又想起爸爸童年的玩具飞机。那架我没有见过的飞机里，大概有无尽的回忆和想象吧。

冉兮 Nancy   FOLLOW   •••

百年四方机厂旧址是青岛制造业的发祥地，是火车头和火车车厢的"故乡"。

♡ ◯ ✈   🔖

The former site of century-old CRRC Qingdao Sifang Co., LTD., the birthplace of Qingdao manufacturing industry, was also called the hometown of railway engine and train carriages.

百年四方机厂旧址前的紫色回忆

1910 年代，胶济铁路四方工厂俯瞰，这里是最早的火车修理厂
An overlook of Qingdao-Jinan Railway Sifang Machinery Factory（the predecessor of CRRC Qingdao Sifang Co.,LTD.），and here once was the first train repair factory in 1910s.

2019 年，四方机厂逐渐废弃的老厂房
The old Sifang Machinery Factory buildings were gradually abandoned in 2019.

站在四方机厂旧址大门口的售楼处前，看着厂区里的作业车洒出的水缓缓将干燥的地面浸湿，我不禁想起了第一次来这里的情形。

那是个冬天，读初中二年级的我穿着紫红色的羽绒服，背着书包和三名男生来这里做社会调查，我们选定的题目是"浅谈胶济铁路对青岛发展的影响"。那次调研，班里很多同学都选择了环境保护、健康饮食类的调查主题，与城市历史相关的选题比较少。我们四个人便想着做出自己的特色，大家都知道胶济铁路与青岛息息相关，牵动着城市以及每一个家庭，但并不是非常了解，于是就选择

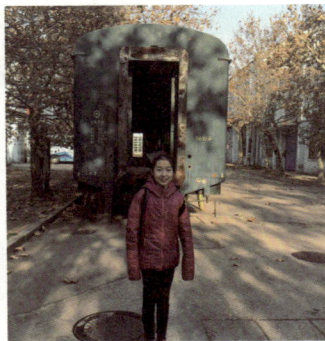

2017 年 12 月 9 日，在四方机厂旧厂区

29

了这个题目。

　　那一年，我还没有长高。工厂旧址里面还有废弃的火车头和生了锈的客车车厢，我很轻快地钻了进去。深绿色的铁皮车厢里空荡荡的，留存着铁屑残渣。厂区的墙壁上的红色喷漆"安全生产"四个大字虽已褪色但非常醒目，让人仿佛看见穿着蓝色工作服的工人正在进出，或是因为看到了"食堂""工人之家"，我想象着他们拿着盘子排队打饭的样子。

　　我和三名男生在门口照了张相，留作纪念。那时我还好奇，为什么并不宽敞的马路上要建一座天桥？"工人之家"又是什么呢？我踩着楼梯上了天桥，听到了钢铁空洞的回响，把手搭在已经掉了漆的浅蓝色楼梯扶手上，望着零星的行人和路两旁的居民楼，好像看到了时代的影子。

　　回来后，爸爸告诉我，四方机厂曾经是青岛最大的工厂，工人也最多，有一万多人。厂里工人上下班时，大门口出入的人流量太大，既不安全，也影响交通，于是就修建了这座天桥；"工人之家"并不是他们的家，而是工人休息和开展文体活动的地方。

　　社会调查进行得非常顺利，

2017 年 12 月 9 日，考察胶济铁路大港火车站

我们的文章还发表在了《华青教育》上，满满的一大版呢。

初中毕业后，有两三年再也没去过那边。直到沿着滨海大道去青岛中学参加一场英文演讲比赛，途经那里，才有了再去看看的机会。

那次比赛，我的演讲题目和工业遗产有关——*The Influence of Industrial Heritage to a City*，大概讲述了纺织厂对家庭、对整个城市的影响，也延伸到了工业遗产保护与存留意义。

这个比赛我参加过两场，第一场讲的是中外文化差异，主题可够大的，但毕竟我在英国读过小学；讲工业遗产的感受也一样，它们都曾紧紧地围绕着我的成长与生活。因为我的爷爷和奶奶退休前都在印染厂工作，我经常会听爷爷讲厂里的故事，感觉爷爷有很深刻的记忆，每一次他讲得都很清晰、生动，所以，从未觉得工厂离我很遥远。

选择讲工业遗产保护，是因为觉得演讲如果有一些呼吁性，表现力和感染力就会很强，可以落脚在保护城市历史的重要组成部分上，特别有意义。

演讲的记忆今天已有些模糊了，只记得我很慷慨的样子，从初赛一轮轮晋级，也一路讲了下去。演讲过后，再去到四方机车厂旧址时，那里已在拆除施工了，门卫师傅把我们挡在大门口，说工地有安全要求，不允许进入，也不让拍照。工厂门口的河道里还有几股浅浅的水流，伴随着大铲车发出的"轰隆隆"

声响，像是在洗刷着什么。那年我已长高了，不像以前那样矮小，机车厂也就好像没有那么庞大了。

上个月，爸爸说有个图片展览要在厂区门口举办，要带我去看看。那天虽说急着上英语课，我还是赶了过去。一个绵长的喷绘展板载满老照片和蒸汽机车的故事。在英国的时候，我常常去伦敦，那里是蒸汽机车最早的诞生地，国王十字车站曾因"旋风"号蒸汽机车的再次驶入刮起过复古旋风，人们穿着维多利亚时代的盛装迎接它的到来；《哈利·波特》里的魔法列车霍格沃茨特快列车也是从那里"出发"的；而位于约克郡的大英铁路博物馆是世界火车迷的天堂，博物馆的旧址正是从前的约克北车厂。

2020 年 12 月 12 日，在四方机厂天桥

2021 年 10 月 1 日，参观"时代的笛声"展

"第一辆蒸汽机车出厂合影""机车工人大合影""谁谁的女儿在照片中辨识出谁来了"……在图片展现场，几位看起来六七十岁的大爷在展板前合影，他们都是这里的老工人吧。爸爸说我应该去采访一下他们，但我实在不好意思打扰他们叙旧。

门口的旗杆旁，新搭起了一座二层的售楼处，几名售楼小姐在那里彬彬有礼地站着，问我们要不要看一下房子。

爸爸和我进去看了看那里面的住宅楼盘规

四方机厂旧址前的售楼处

划图，售楼小姐很心急地让爸爸登记，说："现在还没有开盘，还没有价格，要不要登个记等等看？"

爸爸说不用了，我们很快离开。那天的太阳好大，阳光很热烈，晒得人慌慌的。我又想起了那件紫红色的羽绒服，它早就穿不上了。

师长与成长

冉兮 Nancy

FOLLOW · · ·

来自剑河的伤心消息，我的钢琴老师约翰斯先生长眠在鲜花丛中。

珍

珍 Hugh practiced with the organ in the church after comes back from work

珍

A sudden sad news from Cambridge, England, my beloved piano teacher, Mr. Johns has gone due to an accident in his beautiful garden. His devotion to the piano, and to the garden, his patient and unselfish guidance to me...All the precious memories between us were recalled.

我的钢琴老师，剑桥绅士约翰斯先生

　　每个人心中都有一座岛，安放着心底里最重要的东西，就有一位这样的老人，让我彻底领略了他内心的岛屿。

　　初到剑桥，我先是住进了房东太太珍姐的家里。珍姐将她并排的两座别墅分成了两部分，一部分她和家人住，另一部分主要租给留学生，她会为这些学生提供一顿晚餐，客厅就是餐厅；圣诞时还会邀请房客们来过节。她家的后院是座大大的花园，有一条甬道通向社区公园，还有一间小平房，里面也住着两位房客，大概房租是珍姐的主要收入来源吧。我们住的那间屋子与珍姐家只隔了一丛树篱和一扇小铁门，透过铁门常可以看到珍姐在厨房里做饭的身影。珍姐喜欢煲汤，可能是为了治疗鼻子或滋补身体，所以客厅里总飘着一股中药的味道。有一架钢琴也在客厅里，和餐桌靠得很近。珍姐总喊我"小妹妹"，因为她觉得我长得和她的女儿小时候很像。

循着文化的脚印慢慢长高

　　珍姐是生于越南的华人，会多种语言，这些语言都是她跟房客们学的。珍姐年轻时，来英国读书，认识了她的丈夫——约翰斯先生。我们问起她和约翰斯先生的经历，她总是腼腆地笑笑，让我们看她和丈夫的一张合照。照片里青涩的珍姐穿着一件玫红色的裙子，低头笑着坐在书桌旁，英俊的约翰斯先生穿着背带裤、白衬衣，弯着腰，胳膊撑在木质书桌上。珍姐用不太标准的"粤普"笑着说："他是我的英文老师呀。"我们才恍然大悟。

　　珍姐有一双儿女，儿子亨利（Henry）热衷公益，曾在非洲待过一整年。因为珍姐的租客大都是文化水平很高的白人，或是一些中国留学生，她的儿子就抱怨说，也该让黑人住进来，珍姐后来还真听取了儿子的建议，以支持他的包容心；女儿艾玛（Emma）则对东方文化很有兴趣，分别到印度和中国台湾学习过。

　　家里的生活琐事，多是珍姐一人操持，约翰斯先生的工作是在教堂里弹奏管风琴。我在剑桥的时候，他已经快七十岁了，还是每天去上班，晚上七点多回家，

约翰斯先生和儿子亨利的照片

吃完晚饭就弹钢琴，每天非常准时，如果有一天没有听到他的琴声，那一定是我们不在家。每天晚上，他在固定的时间清洗餐具，固定的时间弹琴，所以流水声之后，就是钢琴的声音。

约翰斯先生的衣着很传统，上班是一套西装，吃饭是一套家居服，弹琴的时候一定换下家居服穿上衬衣和背带裤，在花园里修剪花草时则穿着工作服。我很好奇他为什么总穿这几套衣服，除了工作服，每套衣服都干干净净、熨烫得很平整，这就是他的习惯。

有天晚上八点左右，在他收拾碗筷时，爸爸建议我去借用他的钢琴，并叮嘱我只弹一首"大曲子"，当时我其实只会两首，爸爸说如果我一次都弹完，以后会为自己会得太少尴尬。我试着踏进了他家的客厅，用不太流利的英文小声地问他。客厅里只有约翰斯先生一个人，交响乐从唱机里传出来，大白狗Venus静静地趴在地上，微黄的灯光照得房间通亮且温馨。

约翰斯先生听后，微微笑着，先是关掉了唱机，然后示意我坐下。我先是弹了首《童年的回忆》，弹了两遍，手紧绷着，认真程度仿佛在音乐厅里演奏，我当然很在意他的看法。钢琴上的相框里有他女儿的照片，我紧紧盯着照片和墙，心里想着爸爸是否在有一墙之隔的房间里听。后来忍不住，我又弹了一首《梦中的婚礼》。

我弹完后，谢过约翰斯先生出来。他笑吟吟地送我。进了门，爸爸笑着说我还是弹了两首，其实我也很无奈，不知道短短的弹奏时间竟如此漫长。

约翰斯先生很快和珍姐说，我每个周四都可以去他家练琴；他还跟妈妈夸我的手指很有力，那是很严肃认真的夸奖，让我很兴奋，也让我有了了解他的机会。某个周四还应邀去他的书房看了看。和他家的客厅比起来，书房的布局和颜色似乎显得年代更久远：有一扇长方形爬满常青藤的小窗子，旧书安置在书架上，小小的书房拥挤而整齐。原来那天他是想给我展示几本琴谱，他轻轻地翻弄箱子，慢悠悠地、稳稳地找出来，过程很安静，很舒服。

他一一告诉我该了解什么样的曲子。这使我第一次认识到，得从巴赫、舒伯特的音乐弹起。我分明感受到了一份对音乐的信仰。约翰斯先生虽然在教堂工作，却不是教徒，我更愿意相信他信仰的是音乐，他为我讲解时的严肃与平静，就像是在传递信仰的力量。

约翰斯先生说，他小时候，做舞蹈演员的母亲并不富有，为了给他买一架琴，花光了所有积蓄，弹琴从此成为他的生活习惯。他给我推荐了很多首巴赫、舒伯特的曲子。跟他学习的时候，我刚刚十岁，还不十分懂得音乐的奥妙，弹只是弹，离开琴凳也没有更多思考。后来我才渐渐明白，进入音乐的深处、进入音乐大师的生命世界才会有更深的领悟，而不只是停留于

练习本身，尽管弹琴的确
需要精湛的技术和日复一
日的练习。

我练琴的时候，常会
赶上约翰斯先生吃晚餐。
他的晚餐很简单，炒鸡蛋
和一杯红酒，配几片培根，
他会将一本书平摊开，放
置到老式的木书架上，边
吃边读。有时候，留学生
会去客厅取东西，"叮叮

在约翰斯先生家的钢琴上练习

当当"的声响似乎并不会干扰到他。我知道这不是好习惯，可
经由他的这份自在呈现，好像成了优雅人生的一部分。

我的弹奏却不时会影响到他，他会不由自主地放下叉子，
坐到我身旁，一段又一段地教我。我每弹错一次，他都坚定地
说："From the beginning."。同一首曲子多少次从头再来，
我没有数过，他似乎从来不在意我是否不耐烦。珍姐有时候也
会不耐烦，在身后不断地催促他去吃饭。有一次，他很严肃地
对珍姐说："Please be quiet."。这种气氛真令人头大，我必
须不停地弹下去，直到顺畅饱满。有一天快 10 点钟了，妈妈
和珍姐都在座。珍姐反复提醒他，他才反应过来："Oh, she is

tired."。当我偷偷看他的侧脸时，他是温柔地笑着的，眼光却稳稳地投射在乐谱上。他那一刻的专注，让我明白了什么是坚持。

约翰斯先生教我弹琴，并不收学费。他似乎不认为这件事跟钱有关。珍姐说他几乎没有教过学生，女儿艾玛小时候曾想跟他学琴，但他太严格了，女儿学习了一段时间就不了了之。

有段时间约翰斯先生因为心脏问题住进了医院，没办法再弹琴了，他很焦急，想要尽快出院，珍姐说医生不同意，他和医生说："If you don't let me play the piano, I will die."。

除了钢琴和音乐，花园似乎是约翰斯先生生命中也很重要的圣地。英国的花园几乎是每个有独立住宅的家庭必备。他家的花园都由他一个人打理，从未请外人帮忙。不要以为那只是一个后院，那真是一座花园，开满鲜花，种满果树。每到星期日，如要有人问约翰斯先生在哪里，珍姐必定会说："在整理花园呢。"每次看到他站在梯子上修剪枝叶，那跃动的手臂，好像也在进行另一场演奏。

在约翰斯先生家的花园里剪枝

我离开英国两年以后，

约翰斯先生在剑桥的墓地，有鲜花和音乐做伴

听说约翰斯先生在一个周日的下午躺在了花园里，再也没有醒
过来。他与花园，永久地在一起了。此后，每当坐到钢琴前的
时候，我常常会想起他，想念他。

冉兮 Nancy

FOLLOW ⋯

2021 年，爷爷也走了，我坐在沙发上用眼泪写了一首挽歌。

♡ ○ ⊲   🔖

On Christmas Day morning 2021, my dear grandfather passed away peacefully, after struggling with the cancer for more than two years. Sitting on the sofa, tears pouring down, I wrote an elegy for him at that sleepless night. I will never forget his thick and warm hands, his gentle smile, his kind voice, and the most delicious dumplings in the world he made for us.

致远去的爷爷

2016 年 2 月 27 日，和
爷爷奶奶在一起
Dinner with my
grandparents in the
restaurant, 27 February,
2016.

想起爷爷生病前的时光，多数是照片式样的记忆，一幅幅画面经过脑海，连成一片，勾勒出爷爷的样子。爷爷和我都属鸡，我是他六十岁那年出生的，爷爷总是指着挂历对我说："你看，怎（咱）们两个都是属大公鸡的。"

今天爷爷离开了，这个西方的缤纷节日成了他的祭日。

在我小时候，爷爷一直照看到我上幼儿园，那时起我和爷爷建立了深厚的感情。听爷爷说，他为了不让我穿纸尿裤（因为纸尿裤会把屁股勒得红红的），每天晚上都抱我起来上厕所。我没问过他晚上还能睡好觉吗，只记得他拍我入睡时的节奏，跟别的大人都不一样，他的大手拍在我弱小的身上，很快就能让我睡得很安稳。

小时候吃饭，他总是喜欢抱我到窗台沿上，喂我吃鸡蛋羹，一勺勺地吹凉，或是用不锈钢勺

45

给我刮西红柿吃。他选的西红柿都是沙瓤的，西红柿蒂上有一股一股又青又红的痕迹。后来爷爷经常跟我"炫耀"他的"杠六九"或者说"洋柿子"选得好，我也会和奶奶一起称赞，能看出当他听到这些关于家务琐事的夸奖时，那种满足与自豪。爷爷也会夸赞我小时候很乖，会安静地在窗沿上不动，等着爷爷喂。我能想象到当时的情景，特别是爷爷那双大手，手腕上戴着银色的手表。爷爷一辈子最喜欢的饰物就是手表。

等到我上幼儿园时，爷爷就去姑姑家照看弟弟了。那之前我最喜欢的人就是爷爷，我不知道爷爷到底会不会想我，他什么都没说，只是把事情都处理得很妥帖。有一次幼儿园开放日是爷爷去的，那天老师让用棉签画黄色的迎春花，其实全程都是爷爷画的，但我很开心。平时一上幼儿园就哭的我，那一整天都没有哭，可能是想让爷爷看到我也能好好表现了。直到现在，尽管已然过去十多年了，那张画的样子我还是记得很清晰：黄色的迎春花，都是爷爷点上去的痕迹。

回家的路上我一蹦一跳，时不时回头看看他，他的手背上挂着不知道哪里发的宣传袋，那些袋子都是他的包，里面装着我的水杯。我那时就喜欢在马路牙子上走，大多时候都是爷爷牵着我上去走。有一次还没等他拉到我，我就自己走上去了，一下子摔了，爷爷一把就把我捞起来。每次在我要摔倒时，爷爷总是在我还没哭的时候，就把我"调整"到安全的位置，他从来不会让我自己摔倒在地上。后来说起，他总笑着说："看吧，还没等爷爷领就上去了，险些磕着吧。"

过马路时，他的手会紧紧圈住我的小手，生怕我跑掉，有时我都觉得很疼了，但爷爷还是使劲地拉着我，我也不会说，爷爷把手放开吧，因为即使有点疼，但我至少感受到了满满的安全感。

爷爷的大手不仅能牵我过马路、照顾我，还能给我和幼时的姑姑梳马尾辫。他会把辫子梳得很紧，前面也不会留头发，因为他每次都会很用力地往上抿；爷爷的手指很粗很结实，应是干了太多活儿的缘故。

儿时在姑姑洛东的房子里，他经常做排骨米饭。姑姑说我每次都吃得又快又好，节日里的饭菜也是爷爷亲自掌勺，饺子、粽子、炉包，还有我最爱吃的煎鱼，样样他都会做。我至今没吃过比爷爷包得更好吃的饺子，更没有人会再在吃饺子时让我猜是什么馅的了。小学、初中时，每周末他都会做芸豆肉馅的煎包，也是我"车轮上的早餐"很重要的一部分。我喜欢吃煎得火大的，他几乎没有一次不是按照我喜欢的口味做。中考前，爷爷特意煎了一大盘刀鱼，放在袋子里，让爸爸带回家给我吃。我一连吃了好几天。

爷爷的手很巧，会修理机器。年轻时在工厂里，爷爷说当时一群人围着一台印花机，连续几天都无法发动机器。他上前

2006 年在爷爷的怀抱里

2013 年我在爷爷家过生日

2016 年爷爷过生日时的合影

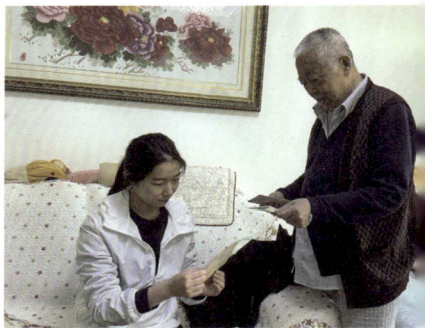
2021 年看爷爷收藏的老纺织厂商标

一摸就找到了问题，脚一踩，说开车吧，让周围的人目瞪口呆。那时我觉得"一技之长"这个词应该就是这么理解吧。

除了机器，他对待其他事情也是耐心且细致。有一次我的小红绳缠到了一起，结成了一个很小的疙瘩。爷爷凑到灯光下，皱着白了的眉头，一点点拆开。我想插手，或想放弃时，爷爷都说："不用。"最后爷爷拆开了，他教会了我做什么事都要有耐心。八九岁时，姑姑买了一个挺高级的微波炉，爷爷不会用，但我想吃微波土豆，他捣鼓了一晚上，最后土豆都干了。他有点不高兴，说"我挺能折腾"，还说再也不想用微波炉了。今天，我们打开了那个放微波炉的柜子，他真的一直没再用它。

爷爷对孩子们学习的期望还是很高的，可惜我没考上青岛二中，他也许有些失落吧。我记得自己坐在他的床边，和他聊我的中考志愿，爷爷对我很有信心，他会问问我最近物理在学什么知识点，学到哪里了，会考考我光速和声速。今年中秋，他也问问弟弟现在初中学到哪里了，没有问我。我记得他和我说，高中的作业他就辅导不了我了，因为他只读到初中。虽说只有初中学历，但他热爱学习，我觉得他记的知识比我现在扎实多了，当年没有升学也是因为家庭负担，他不得不挑起大梁。

但他始终没有停下学习的脚步，修理机器的闲暇，别人都在喝酒打牌，只有他在读书，把机器的说明书都读得透透的。七十多岁，直到他离开前，也可以背诵唐诗宋词，即便最后说不出话，他也能听出唐诗的正误来。爸爸让我听了爷爷背唐诗的录音，我想起了他给我和奶奶"表演"背《卖炭翁》的熟练程度，眼睛瞪得好大，那是他很骄傲的时刻，就像他讲述他被人请去修理机器，几天挣了四千块钱时的神情一样。

循着文化的脚印慢慢长高

今天见他最后一面，爸爸在他的枕边放上了唐宋词选以及他喜欢的几本小书。我想，这几本小薄册子，他应该翻了无数遍了。我想到了5月份他给我看他书里面夹的"熊猫"纺织品广告商标，都保存得整整齐齐的。他对这些书都很爱惜，重要的物品全夹在书里，也经常拿出他的藏书票给我展示，说它们的"年龄"有多老。

一直以来，我觉得有些对不起爷爷，在我小学时，放学老师留我批卷子，爷爷在小学的铁门外站着看，一直盯着大门口等我放学，可我迟迟没出来，当时我也没想到让爷爷进来等，只是那次爷爷跟我说，他等我等得腿都站疼了。这是他为数不多说自己不舒服的时候。前年做完手术后，他和我说，快好了，或者不太疼了。

小学时，接我放学，我每次都能听见他和周围的爷爷奶奶夸赞我，说我是语文、英语课代表，中队长……其实我有点不好意思，但每当爷爷认真时，我都能看到他瞪着眼睛的样子，透出爱。我读的那所小学的铁门早就拆除了，变成了崭新的校园，爷爷也离开了。不过我仍记得，他穿着灰红相间的冲锋衣，戴着帽子，站在门外，紧紧地盯着。这样的事情，肯定不止一件，作为孙女，爷爷是我最喜欢的人之一，我满是愧疚。

爷爷即使生病了也很坚强，最后时刻他还要求每天去医院打点滴。爷爷家没有电梯，一开始上三楼，需要半小时，后来一个小时，再后来一个多小时……不过他仍坚持下楼去医院，要强且有毅力。去年爷爷还能自己下楼，我还能记起他在门口换鞋的地方，说我还有两年就去上大学了，他喃喃地说："还有两年。"我想，爷爷可能当时已经知道自己身体不太好了，也很想看到我上大学，可他没有。不过我想，我若努力学习，他一定会知道的。

前两周见爷爷时，他已没有力气转头和我说话了，不过我和他说再见时，他转过头来，抬起胳膊，朝我招了招手。那时他已痛苦不堪，我能看到他眯着眼睛冲我笑了笑。那是我们在都能看见彼此的情况下，见的最后一面。

最后的爷爷，已经闭上了眼睛，很安详，也很慈祥。他解脱了，天堂里没有病痛的折磨。我看到了窗台上他喜欢打理的虎皮兰与绣球花，以及他亲手为花盆做的铁丝架，好像他还在我旁边，骄傲地给我展示他的花，告诉我它们可以什么时候开。

来生，愿您还是我的爷爷，我还是您的孙女。爷爷，一路走好。

您的孙女：冉兮

2021 年 12 月 25 日

冉兮 Nancy

FOLLOW ···

2015 年，亲爱的玛吉曾撑一支长篙，让我们荡漾在剑河的柔波里。

In August 2015, Ms. Margy, a very elegant grandmother, who I got acquainted with in Cambridge, was punting with us in Cambridge river. Just on the early morning that we will be back to China, unexpectedly I got *The Tangleswoods' Secret* and a lovely handwriting letter, which were kindly bestowed by her. I learned a lot from the book, from her.

玛吉太太，走在信仰的丛林里

2015 年 7 月 23 日，玛吉
在剑河中为我们撑船
Ms. Margy was punting
for us in the Cambridge
River, 23 July, 2015.

翻开《丛林的秘密》这本小书，我不由会想起她。

玛吉（Margy）是住在剑桥的一位英国老太太，
七十多岁的样子，白发微卷，嘴上总是涂着淡淡的
口红，每次见她时，她都穿着一袭款式不同的半身
长裙，搭配着衬衣式的上衣，有的是纯色的，有的
是碎花的……我几乎没见过她不穿裙子的样子，无
论夏天还是冬天。

玛吉年轻时是一名护士，曾经参加过战争，信
仰基督教，每个礼拜都要去社区的小教堂做礼拜。
她和丈夫大卫（David）的婚礼也是在教堂里举办
的。她家里一直摆着她和她丈夫在主教面前盟誓的
照片。大卫在伦敦等地做多年的教区长，大学修习
的是历史，看起来有点儿严肃。

从医院退休后，玛吉和另一位教友马尔科姆
（Malcolm）先生开设了一个专门为中国留学生讲
《圣经》的小课堂，不收取任何费用，每周都会举

办相应的活动，我在剑桥时有幸参加过几次。

认识玛吉的那年我只有 10 岁，她每次见面都微笑地喊我Nancy，那份对小朋友的喜爱，就显露在慈爱的脸上。遇到我有问题问她，她总是郑重其事地看着我，解答得非常仔细。

我对她的了解，始于一次下午茶。此前我对做蛋糕显露出兴趣，她就邀妈妈带我去她家。她的家住在剑桥市郊，距离市中心有一段不短的路。像玛吉、马尔科姆这样有文化素养的老太太、老先生，多会选择住在比较安静的地方，他们的生活里需要一座花园。

玛吉的家很温馨，进门后，她指着客厅壁炉上的照片，给我介绍她的家庭成员，包括她可爱的小外孙们。我的一张小画也被她摆在了旁边，那是我用迷你小画布画架给她画的一张画。看到这张画，所有陌生都变得熟悉了起来。

壁炉上还有一本日历，写满了每天的计划。这本日历，证实了她在退休后依然有着丰富多彩的生活。

壁炉旁有一架三角钢琴，正好对着她的花园。她和丈夫大卫经常在家里弹琴唱歌。

玛吉家的厨房也很大，厨房旁还开了一扇小窗，她说这是为了在厨房里做饭的时候能够看到孩子们在做什么。厨房里有一张小桌，小桌上摆着正在拼的拼图，这是她做饭间隙时的娱乐。

在喝下午茶前，玛吉开始教我们如何做树莓果冻和枣泥

在玛吉家的厨房里　　　　玛吉太太打包烤出的蛋糕，让我带回去

蛋糕。她家的灶台有点儿高，当然也是因为我那时还不够高，要踩上小凳子才能试着筛蛋糕粉。大卫说树莓和黑莓是他们自己家种的，每年他们都要跟鸟儿比赛"抢收"，不然就被偷食掉了。

　　下午茶就在家里采光最好的餐桌上进行，长长的木桌子上面铺上了碎花桌布，我们一边享用，一边欣赏她园子里的花花草草。那天我们聊得很开心，我还和大卫聊到了音乐，虽然我还似懂非懂。

　　那次之后，我们和一些朋友们又在这张餐桌上吃过一次午餐。玛吉做的英式鱼派是我吃过最好吃的西餐了，鳕鱼与土豆

循着文化的脚印慢慢长高

和玛吉太太的下午茶

泥完美融合。大卫告诉我们，许多基督徒家庭在"耶稣受难日"这一天是不吃肉只吃鱼的。

餐后的甜点和冰激凌更让人难忘，甜点是以俄罗斯芭蕾舞演员安娜·帕夫洛娃（Anna Pavlova）命名的一款奶油蛋糕，好看，好吃。大卫说冰激凌不是自制的，"因为我们家不养奶牛哟"，一句话逗得我们哈哈笑。

记得我问玛吉最深刻的问题是"为什么人们会信仰耶稣"，显然十岁的我只能问这样的问题……玛吉并没有给我一个明确的答案，她的回答是："Nancy, what you have to know is, Jesus is in people's heart."。回答完毕，她似乎并不满意，还为没有给我明确的解释表示歉意。大概我的问题，让她意识到不仅要让成年人理解信仰，也要有给孩子们的答案。回国以前，我和妈妈特地与玛吉约在了一家咖啡厅聊天，那天我又问她"耶稣是真实存在的吗？"

她和妈妈说，她还一直记得我此前的提问呢。

在剑桥的最后一天，一切都收拾妥当了，清早我们打开门的时候，发现了她悄悄塞进来的书和信。这本书就是《丛林的秘密》，讲了一个调皮捣蛋的小女孩在她成长的过程中，机缘巧合地得知了上帝的存在，为了改掉自己的坏毛病，她时不时地用上帝来鞭策自己，有小伙伴意外去世，家中的人也告诉她小伙伴去了另外一个地方，应当祝福他……而玛吉的信中不仅

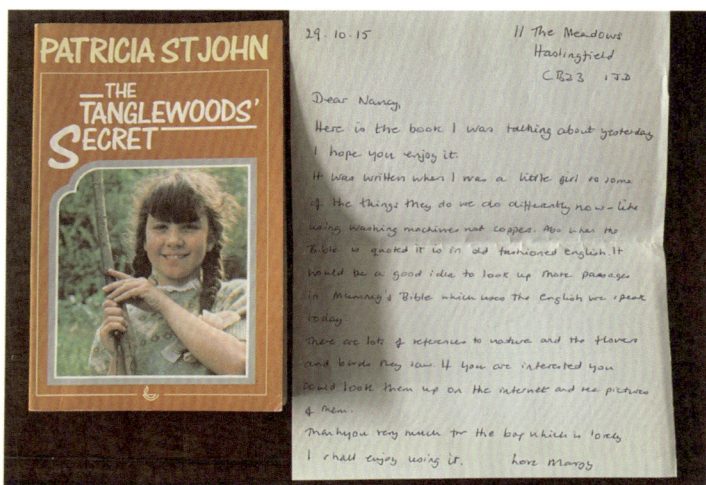

玛吉太太写给我的信，送给我的《丛林的秘密》

有对我未来的祝福，还希望我理解她的意思。

　　回国后，马尔科姆先生在 2017 年 5 月 29 日来邮件说，玛吉骑自行车时被大卡车撞倒了，脚踝粉碎性骨折，极为严重，很可能需要截肢。大家都在祈祷，希望她手术成功。手术后，她还需住院三个周……

　　这个不幸的消息打击了我们，却没能打倒玛吉。她在她的任务列表上做了详细的康复计划，经过努力，她不仅没有截肢，又重新独自迈开了脚步。医生说，这几乎是奇迹。

　　上个月，玛吉和家人刚刚聚会纪念她受伤四周年。她说，艰难的康复之路上，信仰是她最大的力量。年近八十岁的她在视频的另一端气色红润、神采奕奕，还满怀兴致地问我最近在读什么书……

冉兮 Nancy

FOLLOW ···

沙漠奶奶，中国的话剧明星，九十二岁时又一次登上舞台，她把戏从青春演到老。

♡ ⬭ ◁ ⟁

The drama artist, Ms. Shamo, another graceful grandmother I was familiar with in Qingdao, was again on stage when she was 92. Her lifelong pursuit to be a passionate actress is always encouraging.

93 岁的"最佳女配角"，
一位有着丰富生命含量的明星

1957 年，话剧《桃花扇》剧照，沙漠女士饰演女主角李香君
A stage photo from *The Peach Blossom Fan*. Ms. Shamo played the heroine, Li Xiangjun, 1957.

2018 年，话剧《裁·缝》剧照。92 岁的沙漠女士再次登台
A stage photo from *Cut & Stitch*. Ms. Shamo, 92 years old, returned the stage again, 2018.

2016 年的中秋节假期，爸爸说带我去看望六十年前的青岛明星。那是我第一次见到沙漠奶奶，那一年她九十岁了。

在路上，爸爸给沙漠奶奶打电话，说半个小时以后到。爸爸告诉我，沙漠奶奶见客人前是要打扮一番的，这是她从前做演员的习惯。电话那头，一阵清楚而脆亮的声音传出，还伴着爽朗的笑。我暗暗猜测她的声音和身形，但是一见到她，还是深深地感受到了从容与优雅。

沙漠奶奶个子不高，腰板很直，穿着宝蓝色带有白花的衬衫，搭配了一条明艳的丝巾；配饰极简单，普通的发夹别在已然花白但很利落的卷发上；涂了亮晶晶的唇膏，眉毛也可以看出有所修饰。

她的家里很整洁，沙发的正上方就是她年轻时的大幅剧照，一眼就能看得到。她似乎很喜欢小朋

2016 年中秋，和沙漠奶奶初次见面

友，笑吟吟地看着我，那是一种富有感染力的笑。她用手轻轻抚摸我的脸，夸我长得漂亮。我被夸得有些不自然，腼腆地笑着，但还是为她的热情所感染，不仅慢慢没有了拘束，反而增添了一些亲切感，真像是舞台的感染力渗透到了生活中。

　　问她见客人为何总是这般讲究，她说是礼貌和习惯，虽然年纪大了，但也很想展示自己最好的那一面。她说，人到这个年纪，每晚上床之后，就很难预料是否睡一觉还能再醒过来，所以总要先把东西归置好，拖鞋也得摆放整齐，厨房与卧室都收拾干净……

奶奶带我了解"话剧人家"

她带我看挂在房间门上的"话剧人家"展览海报，告诉我这是爸爸帮她做的，海报上有沉着的丈夫、英武的儿子、俊美的外孙女，还有载满风华的她。奶奶

2019 年观看沙漠奶奶在《裁·缝》中的剧照

是不幸的，也是幸福的。丈夫黄中敬 69 岁去世，儿子黄小振 49 岁就走了，二人都是编剧。丈夫是小说《红岩》最早的话剧改编者，儿子获得过"曹禺戏剧奖"。沙漠奶奶现在由小学时就上过大银幕的女儿照顾，外孙女雷婷也曾经演过多部电影，现在是国家话剧院的编剧。为了能让奶奶出门方便，贴心的雷婷还给她聘用了专职司机。

奶奶家里挂着、摆着许多相框，有舞台上的照片，也有生活中的照片。她特别挑了曾外孙虎子的照片给我看，还告诉爸爸，虎子的太爷爷就是大导演史东山。盯着可爱的虎子，那一刻，沙漠奶奶眼神中流露出来的兴奋与幸福，和一位普通奶奶享受的简单幸福一模一样。

走进奶奶的书房，她的电脑旁堆满了打印的文章，很难想象到了这样岁数，她居然还每天上网、收发邮件。奶奶 75 岁开始写作，2010 年出版了自己的回忆录《我心深处：一位话剧演

员的今生今世》。她笑着说："我是文学新人，在跟着时代进步。"

除了上网、写信、打电话，奶奶也在用她的方式保持着自己的"社交"。她每周都去老年活动中心跳舞，偶尔还会去图书馆的中老年文学写作讲习班做个讲座，结识比她年轻的"年轻人"。

在1956年来到青岛市话剧团之前，奶奶曾是重庆话剧舞台的明星，在《秋》《家》《上海屋檐下》《茶花女》《乱世佳人》等多部大戏中担任过女主角，怀了身孕还坚持演出。在出演《上海屋檐下》施小宝时，有一次在道具床假寐，她竟然真的睡着了，而那时，她的儿子已经在母亲的肚子里四个月了。来到青岛后，她因为主演《桃花扇》里的李香君，成了家喻户晓的名演员。

不幸的是，不久后碰上了政治运动，沙漠奶奶二十多年再也没有演过主角，连在丈夫改编的《红岩》中，她也只能演一个女特务。她告别舞台前的最后一部重要的戏，是曹禺先生的《雷雨》，她在剧中饰演蘩漪。

她特别珍惜这个角色，为了演好，她很多个晚上都睡不沉，半夜醒来，就会把丈夫喊起来讨论；她为此常常头疼，很依赖风油精，于是丈夫就在家里各个地方都放上了风油精，客厅里、卧室里……

这份投入，使她的蘩漪演得深入内心，以至于剧中的台词，许多年后她都会一字不差地背出来。说着说着，她就给我们表演了一段儿。她的眼神、手势在那一刻就发生了变化，手一会儿搭在胸前，一会儿指向上空，一举一动，好像都表达出蘩漪的心境。一句又一句的"萍……"牵动着人心。

奶奶的这次表演深深震撼了我。后来，我在网上观赏了1999年北京人民艺术剧院版的《雷雨》演出视频，还特别注意观察了饰演蘩漪的龚丽娟的表演。蘩漪确实是剧中最具特色、最为鲜明的人物，身着一身镶着灰花边的旗袍，眼里那股说不出的高贵与哀怨，散发着古典又凄凉的美。

可以说，沙漠奶奶这次很简短的表演，让我对话剧、对表演艺术家有了更清楚的认识。他们正是通过动作、语言来诠释各个角色的矛盾与冲突。这使我懂得，好的表演是需要深入与沉浸的。这是现在一些网络热播言情剧的演员没有办法做到的。也正是有了对蘩漪反复的、倾心的琢磨，沙漠奶奶才能够在这么多年之后，还可以轻松地回到角色。

五年前的那次拜访，印象深刻而美好。临走时，沙漠奶奶送我们到电梯口。等电梯的时候，她的双手紧紧地握住了我的双手，那么柔和、那么温暖。

这也让我和奶奶有了之后的缘分。记得前年春节去给她拜年的时候，她刚刚因为《裁·缝》的演出拿到了第二届华语戏剧盛典"最佳女配角"奖，这部戏的策划与制作人正是她的外孙女雷婷。当时的颁奖词是这样说的："演员在耄耋之年，成功塑造了一个 93 岁的角色。以生命演绎生命，表演流畅，节奏准确，体现细腻。"

93 岁的"最佳女配角"，本身多像一部传奇戏剧。那天，沙漠奶奶拿着大红的获奖证书给我看，让我握着奖杯和她合影。

在手机发出拍照声音的那一刻，我觉得，我的身边的确站着一位明星，一位有着丰富生命含量的明星。

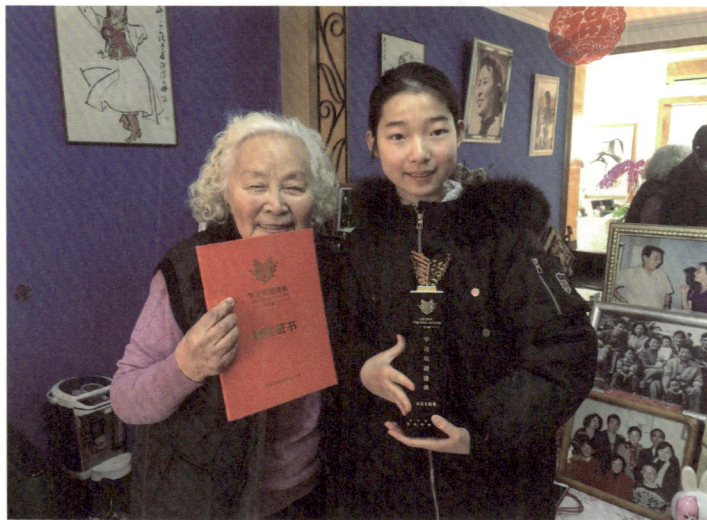

我的身边站着 93 岁的"最佳女配角"

冉兮 Nancy

FOLLOW

美丽的剑河，和我遥远的伊迪丝皇后小学。

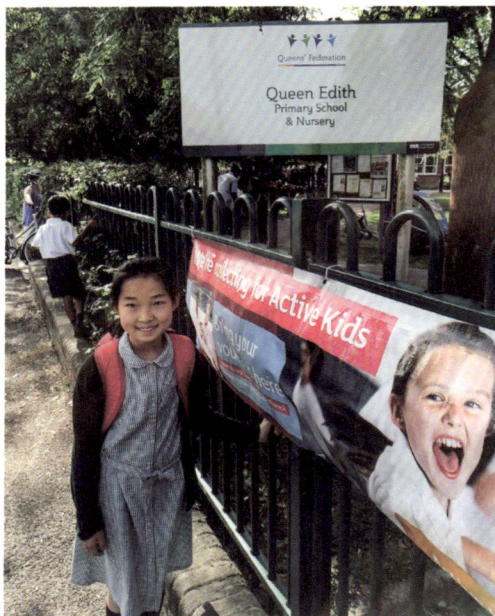

Queen Edith Primary School, Cambridge, where I once studied for one year, was treasured up in the bottom of my heart. Although facing with lots of difficulties as a fresh pupil, I really got a lot about how to make foreign friends, and how to be a bridge between different cultures.

在剑河之畔读小学的日子

到了一个陌生的语言环境，总要和新的朋友打交道，交流的问题也会纷至沓来。不止会有语言障碍，这中间更有渗透到日常生活、成长环境当中由文化差异引发的问题。小学四五年级有幸在英国剑桥伊迪丝皇后小学读过一年书，也让我对文化与生活之间的关系有了更深的理解。

房东约翰斯太太给我介绍了学区最好的公立小学——伊迪丝皇后小学，她的一双儿女都从那里毕业。费了一番周折后，我终于进入了这所文化、种族多元的学校。班上的学生不仅有剑桥当地居民的后代，还有亚裔、非洲裔的学生，多名亚裔学生来自中东地区，华人学生不多，只有几名。

我所遇到的困难首先是语言。去上学前并没有进过英文课外辅导班，英语的知识仍拘泥于外研社小学英文课本。显然，我似乎是"硬梆梆"地闯入了一个陌生国家的学校。

循着文化的脚印慢慢长高

入学第一天，"学管主任"便暖心地找了班上一位女生埃丝特（Esther）陪我在学校转转，感受一下校园环境。她带我吃点心、午餐，参加活动。我的到来对她来说似乎是个大好事，因为这几天她可以不上课，只陪我"游山玩水"。

当埃丝特和几位女生问到我的生日时，四年级的我还没听懂她的意思，更别提怎么表述了。并不是因为我不认识 birthday、when 这些英文单词，只是由于那是在用英语交流，而不是进行英语纸笔考试。

因为交流障碍，我和班上的女生相处得并不容易。她们大多懒得搭理我，英国人本来就有点小傲娇，女生间也有小团体。一开始我讲话委实令人费解，交流起来也没有什么共同话题，这让初来乍到的我难上加难。不知是不是因为遇到了相同的困难，我和一位低一届的中东地区的小女生瑞杜拉（Redula）走得很近。她漂亮而娇小，课余时间我们一起吃饭聊天，瑞杜拉也对我吐槽过爸爸经常说脏话、脾气不好的家事。这段

和埃丝特

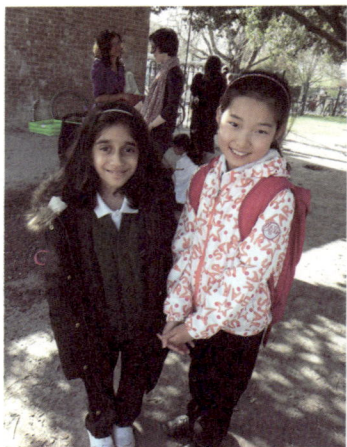
和瑞杜拉

70

亲密关系持续了不算短的时间，却因为我的一次表达不当招惹了误会，"葬送"了我们的友谊。那一天，班上的女生不知为何突然来找我玩，我就想和瑞杜拉说"过一会儿我们再一起玩吧"，结果我直愣愣地表达成"You can play with others."。（你去找别人玩吧！）自此，瑞杜拉就和我疏远了，再也没机会化解这个误会。直至现在，我还清楚地记得当时的情形。之所以

和雷明顿小姐

对这件事印象这么深，是因为它让我意识到准确的表达有多么重要。

在尝试交流之初，我遇到过很多问题，比如男同学查理（Charlie）不小心掰断了我的眼镜，哈萨克斯坦裔的米切（Miche）经常在游泳课后拿错我的浴巾，以及伊齐（Izzy）诬陷我冲她大声咳嗽，可我也

不是好欺负的，立马大声地对她说："Shut up！"这是当时我唯一能想到的吵架词语，她立刻对班主任雷明顿（Reminton）说我言语粗鲁，好在雷明顿小姐把我们之间的几个"回合"看在了眼里。她和蔼地对伊齐说："Well, you should be glad that Nancy talked to you."（你应该对此感到高兴，因为冉兮

和你说话了。）伊齐哑口无言。我没敢看雷明顿小姐的眼睛，因为我也有点歉意，但心里对她的处理方式很感激。当时的我不知道是哪来的胆量，可能我实在气急败坏了。

随着语言能力的提升，在一次升班帮助会上，我又去找了雷明顿小姐，向她表达了我的困惑。很快，一位小学教师的女儿艾莎（Asha）就邀请我到她家里玩。艾莎成长于一个印度家庭，妈妈是伊迪丝皇后小学的老师。艾莎有很多兄弟姐妹，她是老大。去她家玩时，我们都光着脚，在她家后院的草地上跑来跑去，摘几粒蓝莓，或是用手抓着她妈妈切好的大块西瓜吃。那天的晚餐是印度风味的硬米粒和牛奶，还有三明治。在雷明顿小姐的帮助下，我和班上女生的关系融洽了很多。

在剑桥，小学生们放学回家基本不做作业，伊迪丝皇后小学还算是个有作业的学校，但也只是在周三和周五两天才布置。同学的家里大多有后院，圆形蹦床几乎是标配。放学后，同学们会相约在一起，最多的运动就是在院子里蹦蹦跳跳，很少规规矩矩地坐着。我也去过埃丝特的家，她们一家人都信仰基督教，全家人的名字都来源于《圣经》。家庭氛围也非常好，因为爸爸是位建筑师，家里的装修陈设都很现代，而且简约大方。后来，她的妈妈成了我的钢琴老师。此后的每个周五，放学我都会去她家。她的爸爸詹姆斯（James）非常尊重中国人，对我非常友好。埃丝特也来过我们租住的公寓玩。吃饭时，我还教她用筷子。

那天妈妈做了冬瓜西红柿排骨汤，她对这道菜很好奇，因为她从来没有喝过这样的汤，平时最多也就是吃牛奶麦片、蒜香面包和披萨类的食物。

埃丝特来做客

还记得我在班里最受欢迎的情形，一次是一堂数学课后，他们对我做题的正确率很羡慕，并不是因为我数学学得好，而是因为英国四年级的学生还处于"口算天天练"阶段；另一次是大家纷纷想让我给他们起个中文名字，就跑上来围着我；还有一次则是我戴了漂亮的新耳钉。

我也慢慢开始寻找和同班小女生们相处的窍门，逐渐摸索她们爱聊的话题。当时歌手泰勒·斯威夫特（Taylor Swift）很火爆，同学们常常讨论她的哪首歌好听，新歌什么时候发布。放学后，我立马打开视频网站，找她的 MV，听一听自己也很喜欢，有了共同喜好，自然而然就可以加入聊天啦。此外，对女生而言，时尚一点儿很重要。平常很疏远我的伊齐也因为耳钉对我表达亲近，那副耳钉并不贵，是在市中心的一间小店里挑选的，只不过它的猫头鹰造型很特别，上面还有亮闪闪的钻。后来，在学校年度音乐会作钢琴演奏时，我也戴着它。

在女生当中，我最喜欢来自德国的高挑女生玛雅（Maya），

循着文化的脚印慢慢长高

校园活动

她非常温和。若有人要和她发生争执，她从不会当面反击，但这并不代表她不想解决问题。事后，她会和另外几个女生商议怎么处理，有一次还问过我的建议。去她家玩时，我发现她的妈妈竟然喜欢中医药，还喜欢做热三明治当下午茶的茶点。在得知我有交友困惑后，玛雅更加留意我了。我们不仅一起看泰勒·斯威夫特的 MV、吃巧克力，还学着做假发，相处得特别愉快。相比之下，她比埃丝特更容易接近，也不会因为我的英文口音而"鄙视"我。遗憾的是，我没有留她的联系方式。

一件突发的事，让我在学校里有了真正的"存在感"。学校的一位华裔小男生不小心磕伤了头，校长把家长、救护车都叫了过来，还找了我做翻译，因为小男生的妈妈不会讲英文。那位妈妈是广东人，看起来四十多岁的样子，用力抱着流泪的儿子。由于不会讲英文，她很着急。她的普通话也说得不很自

与校长皮特（Peet）女士　　班级合影

如，可惜我不会说粤语，但至少可以交流，于是我就给老师翻译她的话，还有小男生的伤势，男生的妈妈不太愿意带他去医院。这件事让我很有价值感，因为我有了被需要的感觉，也可以用语言帮助别人啦。校长皮特女士因此一下奖励了我 50 个housepoint（学校的一种加分方式）。那位不太会说话、只能干笑的妈妈给了我很深的印象。她的无助以及眼神中的焦急和无奈，让我觉得有更强大的交流能力真是太重要了。

尽管只在伊迪丝皇后小学学习了一年，但与不同文化背景的同学相处，的确就像穿梭在不同的文化之间，一些看似平常的相处与交往，后来想想，都因有着不同的传统和文化、有着丰富的共性与差异，让人回味无穷。

冉兮 Nancy

FOLLOW

可爱的少年良友，和我们的"花神咖啡"过往
——文学诞生在咖啡馆里。

My close friends, and the reading group activities in our "Cafe de Flore". Yes, both literature and friendship were born in cafes.

少年良友，啥时再一起聚聚

2017 年 6 月 24 日，和小伙伴们、李淑芳老师在"初见"读书会
Professor Li Shufang, my reading group friends and I were at the "First Sight" book club, 24 June, 2017

自从上了高中，和以前的同学联系就少了。偶然听说曾经读书会的成员阿詹进入了地理奥赛的国家集训队，小苗加入了"强基"计划，宋扬通过理工 MT 实践对新能源有了兴趣，而且他们三人还一同出现在支教岛中学生联盟成立大会上，为 31 中的学子们介绍中考备考经验……不由得想起在青岛大学旁边的初见咖啡馆一起参加"成长读书会"的一些情形。

我和他们三人小学同班，初中也在一所学校。有一段时间，每隔两周，我们就在初见咖啡馆举办一次读书会，轮换推荐各自喜欢的书。荐书的同学做主持人，准备 PPT，组织活动现场。有《苏菲的世界》《围城》《哈克贝利·费恩历险记》……家长也陪伴左右，一起分享见解。支教岛的李淑芳老师也常常来做辅导，为我们做专业的阅读点评。

我曾推荐过《城南旧事》《围城》等作品。为

在"初见"读书会上

在"初见"读书会上

了让大家体验下林海音奶奶笔下"英子"的童年生活，还特意去买了各种口味的"驴打滚"，与大家分享。那次读书会吸引了一位来泡咖啡馆的小姐姐，她戴着耳机刚跑完步，也饶有兴趣地跟着听到结束。遇到大家都不太想发言，或者是人少的时候，主持人则要发挥自己的能量，来调动大家的积极性……每次活动，阿詹、小苗、宋扬，还有一位学长侯同学基本都能到场。正是侯同学的妈妈经营了这间咖啡馆，很感谢她愿意提供场地，让大家能够很轻松地聚在一起。

　　小苗主持的《苏菲的世界》那次很"烧脑"，富有哲学性的读物让大家很头疼，对文中描写的场景一头雾水。小苗做的PPT非常仔细，让我们了解到里面的人物关系和苏菲的内心世界。我一直都很佩服他能够挑战这本书，相比其他文学读物，这本书需要大量的思考。很遗憾的是，宋扬主持的《林肯传》我缺席了，不过偶然在上交的学校语文寒假作业中发现了他用心准备的资料，以及在读完这本书后对于人生的感悟。阿詹主持的《悲惨世界》是我发言次数较多的一次，由于雨果的作品多是大部头，大部分内容我都是在"喜马拉雅"APP上面通过听书来了解。有意思的是，不知道是声音刺激耳蜗还是因为我喜欢想象的缘故，很多场景都记忆犹新，比如妓女芳汀为了挣钱卖掉自己的头发和牙齿，还有小珂赛特在泰纳迪埃家受虐待的场景……除此之外，我还特别喜欢林语堂的《苏东坡传》，苏轼跌宕起伏的人生和独有的人格魅力，以及三次贬职后仍旧保持对生活积极的态度，让人惊叹。回学校后，在语文课上我也给大家分享过这本书，对"诗品如人品"也大加认同。还记得我在讲述苏轼整个人生历程时，班上同学惊讶的表情，那一刻我体会到了因为仔细读书带来的成就感，这当然要归功于读书会上有过的讨论和思想碰撞……

我所收获到的不仅仅书本上的知识，还真切地感受到了他们的变化，有时候看着小苗发言，脑海里就会闪现我们还在幼儿园时的场景。同龄人的进步也激励着我向前进，想和他们一起阅读、一起进步，直到现在，我仍怀念当时的那种气氛，外面下着雨，屋内的人在读书。因为他们是男生的缘故，总会有

循着文化的脚印慢慢长高

一些我想不到的点，而他们的思考也给我带来了启发，比如阿詹对军事的见解曾让我耳目一新。

读书会上每个人发言的风格都不同，小苗严谨，喜欢一本正经地表达自己的看法；宋扬很会调动气氛，也善于体会书中作者的情感，经常抑扬顿挫地朗诵片段，或是幽默地表达自己的看法；阿詹在发言时常常仔仔细细地盯着书，但讲起话来也有自己的小幽默……大家交流时非常尊重彼此，丝毫没有什么隔阂。

读书会的凝聚，也让我们一起开展了一些研究性学习，比如探究胶济铁路的历史和它对青岛发展的影响。大家一起去考

在青岛文学馆组织读书活动

胶济铁路考察

和宋扬在货运站

察胶济铁路沿线、大港火车站还有百年四方机厂旧址。那时候，四方机厂的老厂区还可以进去参观，我们踏入了废弃的绿色车厢，观察了"工人之家"。在青岛北站，家长还专门带我们到大桥上去眺望全貌。

闲暇之余，我们也组织过另外一些活动，去爬山，去体验胶东卡花面食的制作以感受民俗文化。在活动的过程中，我也了解到，小苗喜欢小猫，可是因为鼻炎不能如愿养，不过之前在研学路上碰到流浪猫，他都想上前去关爱一下。阿詹小学喜欢在小纸上画帆船，来表达自己对海军爸爸的思念。个子很高的宋扬则喜欢打篮球，他还想到顶级的运动鞋公司设计最符合人体工学的篮球鞋……

在这之前，我们四个人还组队参加过无声电影比赛，以哑剧的方式拍过一个小视频，获得了区赛的一等奖。那次演出，宋扬扮演乒乓球队员，有短暂胜利之后的小侥幸，也有失败后的气馁，用夸张的表演演绎了一个引人入胜的故事……我饰演裁判，戴着黑框大眼镜，一本正经地控制比赛节奏。那次表演，家长们特地为我们请了表演专业的老师，老师教给我们用眼神和动作传达情绪的方法。小苗在最后以卓别林式的演出做了演讲和总结，他戴着假胡子，拄着手杖，穿着黑皮鞋，喜感十足……可惜后来因为出国学习，我没有参加最后的市赛。不过，那段有趣的经历，给我留下了很多美好的回忆。

　　初中毕业后，我们的联系渐渐少了，可能是高中学习太紧张的缘故吧。不过他们三人仍在同一所学校，小苗闲暇之余好像还可以在手机上下围棋；阿詹喜欢哲学与地理，政治学得非常好；宋扬虽然喜欢历史，但一直朝着工程方向努力。有时想，如果自己是个男生，是不是一起玩的机会会更多一些，不知啥时候能再聚聚呢……

听听读读看看

冉兮 Nancy

FOLLOW ···

舞台上，我是美的使者。

On the stage, I am the angel of beauty. Whether as a member in the group dancing, or as a solo dancer, or some other roles in the plays, all of them enriched my knowledge about performance, about art, and about collaborating with others.

舞台上的光和角色

2021 年，在环境保护主题
喜剧的舞台上
On the stage of Zombie, an
environmental protection-
themed comedy at my
high school, 2021

已经记不清第一次接触舞台是何时了。可能是作为观众，也可能是作为台上的一分子。那些回忆一层又一层地叠加，舞台的样子也逐渐清晰。

幼时在青岛大剧院看过《茶馆》《四世同堂》，也听过钢琴独奏、乐团演奏。大剧院对我来说是个挺宏伟的地方，妈妈常告诉我，去剧院要穿得得体大方，我也便认为看剧是个挺正式且严肃的事。记得去大剧院多数是在晚上，找到取票的地方似乎也不那么简单，往往会狼狈地在剧院的各个玻璃门间穿梭，顺便被"黄牛"搭讪。但当我们一坐下，感觉一切都值了。直到现在我都很好奇，为何要叫这些在门口卖票的人为"黄牛"。演出结束时，晚间有时会有阵阵凉风，却始终吹不走情节或是音乐的带入感。

大约是六岁看的《四世同堂》，对当时的我来说，情节太复杂、太有历史色彩了，只能似懂非懂

87

地看看，但印象最深的还是钱默吟的那段独白。直到现在仍记得那位演员独自站在舞台上，张开双臂，眼睛望向上方，很深沉且忧愁的样子。灯光只打在他一个人的身上，周围黑漆漆的。后来才知道，那是"他"对历史的总结与反思，他本是一个写诗作画的清闲人，被迫卷入了战争，本不懂政治、经济，却有对关于人类、世界、和平的感慨。站在舞台上的演员有着饱满的情绪，我想那是"高光时刻"吧，而舞台是个抒发情绪的地方。

后来，著名舞蹈家杨丽萍来青岛演出《孔雀》，那次令我感知到，舞蹈也可以表达一个连续的故事，一举一动都是故事情节和情绪的融合。我惊讶于她的胳膊能够如此灵动柔软，还有精美的服装的设计，共同把"孔雀"诠释得那样好。站在舞台上舞动的她，全神贯注地沉浸在情境中，以至于年幼的我，也认认真真地三个小时没有动。

小学时也有过两次做小演员的经历。三年级出演了课本剧《蘑菇该奖给谁》里的"兔妈妈"，也算是第一次正式站在"台"上了。这篇课文改编自《龟兔赛跑》的故事，排练了许多次，课本里的"养兵千日，用兵一时"的道理也自然而然地付诸实践了。印象最深的并不是上场时的紧张和演出顺利的喜悦，而是一个小插曲。该发蘑菇时在舞台上发现由于前面的小差错，道具篮子里竟没有蘑菇，我只好补救一句："咦，我的蘑菇去哪里了？"因此获得了老师和同学们的赞扬，成了幼时得意的

2014年，课本剧
《蘑菇该奖给谁》

2014年，哑剧小
品《乒乓》

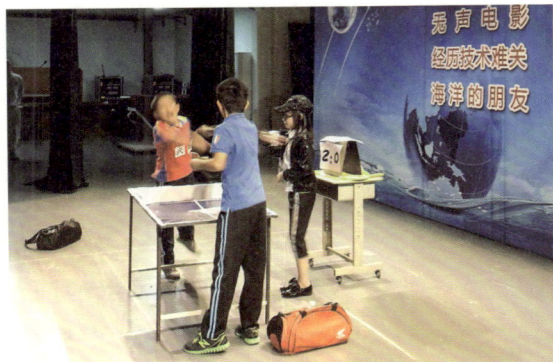

一笔。那次我理解了舞台上的随机应变就是尽管出了差错，也要硬着头皮不乱方寸地演下去。

四年级时，我还和班里几位男生表演了哑剧，演一位乒乓球裁判员，经过练习，理解了在哑剧中，除了声音以外，手势、表情等都是重要的传递感情的方式，虽然最终呈现的仅仅是短短几分钟，但是放大到每一秒，肢体、眼神的语言都注入了百分百的情感，舞台上的收放自如、不拘谨很重要。

读高中时，我参与了学校的英文戏剧表演，此前学校里的戏剧课上，老师让我们领会到戏剧的魅力。戏剧老师是一位非常具有戏剧气质的外籍教师，她来自南非，声音干脆洪亮，表情丰富，感觉她的所到之处都像是舞台。我们曾经好奇过她的肤色，因为看起来并不像南非人。她却真的成长在南非。据说，她六岁就开始和自己的母亲做戏剧工作了，这也是她们家的传承。戏剧老师教我们练习如何发声、呼吸、绕口令和在行进中传递气息……她告诉我们，她的老师曾经带着他们整节课地练习发声。因此，每节课或是排练之前，她都会让我们先练习发声。这出英文剧从准备到演出，持续了半年多的时间。老师替我们选了一个关于僵尸的环境保护的主题喜剧。准备整个表演前，她花了两节课的时间，将整个剧本朗诵出来。剧本讲述的是在城市楼房坍塌、沙尘暴覆盖整个城市之时僵尸出动的情形，在这样的灾难面前，人们将何去何从？

老师确定角色的方法也很有趣，就是让大家一句一句地朗诵，看看哪个角色谁更适合。在剧中我饰演了电视台记者，相当于旁白一样的角色。戏剧老师让我们四位叙述者穿得整洁干净，要像新闻主播一样。于是，我们都穿了西装。剩下的同学

2021 年，灾难城市剧

小学新疆舞演出

分别演绎了逃离城市、不被僵尸吃掉的五个方法。根据所设定的情节，我们还用锡纸制作了宇宙飞船道具；老师用画笔为每位演僵尸的同学脸上涂满了颜料，让他们每个人在台上都"靓靓的"。

最近的这次舞台历练是月初参加的学校艺术节舞蹈的选拔。明知道有一些艺术特长生参加，但抱着"重在参与，享受舞台"的想法，迎难而上地试了一试，而这一试也改变了我对舞台的理解。

算起来，上一次站在台上跳舞已有六七年了，那还是随小学舞蹈团去少年宫表演新疆舞，具体动作也记不很清晰了，只记得下腰的时候舞台灯光好耀眼。那时的我总觉得，跳舞时最

循着文化的脚印慢慢长高

《山鬼》演出

后呈现的一大部分是肌肉的记忆，先是由肌肉记忆作为基础，才会有感情的抒发，舞台需要"收紧"，全神贯注地做好每一个动作，同时保持对配乐的领悟。

这次登台当然没有"拿不拿奖"的压力，只是想好好体会一下所跳《山鬼》的意境。很显然，对我这种基本功薄弱的选手来说，能流畅地表演完就算是功德圆满了。没想到，效果比我预料得好很多，至少我这次真正享受到了站在舞台上迎接高光的那一刻。

每个人都会有自己的舞台，不能只做旁观者，要给自己寻找角色哦。

冉兮 Nancy

FOLLOW

钢琴家傅聪先生和他严厉的翻译家父亲傅雷先生，他们的人生犹如一场激情表演。

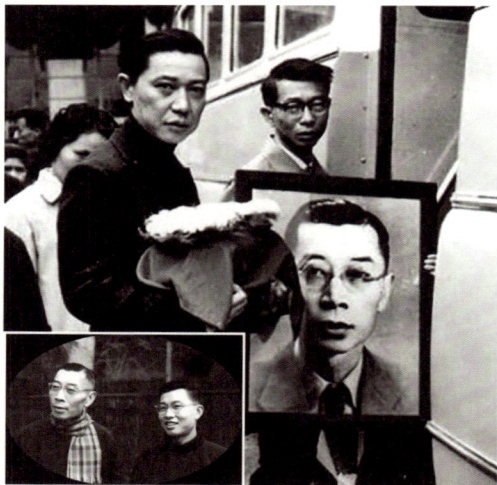

Mr. Fu Cong, the great British Chinese pianist, once gave two solo concerts in Qingdao Grand Theatre, and I was very impressed by his performance. Mr. Fu Lei, an eminent translator but a strict father. Reading through Fu Lei's letters to his son, it gave me such a strong feeling lifetime are both like a passionate performance!

傅雷与傅聪，那段生命的旋律封存在我心里

得知傅聪先生因"新冠"去世的消息，我很震惊，也很遗憾。

记忆犹新的是 2011 年妈妈带我去看了傅聪先生的钢琴音乐会。那年我刚开始学习钢琴，脑海里只有些碎片化的场景。当初学习钢琴的原因已记不清了，只记得，妈妈想借此机会让我受到教育。

傅聪爷爷弹琴时专注的样子，一直印在我脑海里。他低着头，短发干净利落，手指灵活且有力度，背微微弓着，是岁月的痕迹，大概也是多年练琴所带来的。

听说那次他来青岛还运来了两架钢琴。对钢琴家而言，琴就像不能分离的知音，要时时相对。在音乐会开幕之前，傅聪爷爷已完成了一整天的排练。那天的演出自然是非常精彩，观众们用力鼓掌，期待返场。傅聪爷爷极谦恭地应合，又为台下的观众演绎了精彩的一曲。

　　这次迎接"诗意春天"的旋律，也成了妈妈此后提醒我练琴的旋律："你想想傅聪老爷爷，年纪很大了还坚持弹琴，不应该坚持吗？"

　　现在想想，我也还是惭愧。毕竟在学习钢琴这方面，没能真正尽我所能，更没有坚持日复一日地练习。在六年的学习中，尽管最后也冒险考过了十级，但大多数时候还是当作任务完成，没有自觉地

2011 年 12 月 16 日，在青岛大剧院聆听傅聪音乐会

坚持训练。傅聪爷爷的父亲傅雷先生说，技术是艺术的前提与基础。要真的掌握技术，的确要有反复的练习付出，只有这样，才有完美的表演。而傅聪爷爷的一生，是为音乐而来，他像是在不断攀登音乐的顶峰。每一次练习，都是他在向顶峰出发。

　　初中的时候，我们学习《傅雷家书》，认识了那个严厉但又不乏关爱的傅雷先生，也"见"到了青春年少、充满激情的傅聪。傅雷先生作为一位父亲，更像是儿子的朋友。他在傅聪成功时很真切地欣慰、欣喜，又不忘告诫傅聪再接再厉，不能得意忘形。每逢演出，傅雷先生很关心地问"你往海外预备拿什么节目出去？协奏曲是哪几支？"他时时提醒傅聪要先做人，

2014 年圣诞节，在英国剑桥
"万里云"举行的华人聚会上
演奏钢琴

再做音乐家："……身在国外，靠艺术谋生而能不奔走于权贵之门，使我们欣慰。"傅聪遭遇了挫折，他帮着寻找问题，同时也很心疼傅聪："……除此之外，还要有充分的休息。"

面对家庭琐事，傅聪与妻子弥拉争吵的时候，作为父亲的傅雷先生也能给出自己的看法："而事实上，也只有两人长相厮守，才能帮得了身旁的伴侣。"大事小事，从邮票贴的位置，写字不要太潦草，上台的时候不要紧张，无所不谈，既谈论舒伯特、莫扎特，也讨论什么是古典主义，都透露着父爱与期望。在得知傅聪喜欢希腊精神却又无法完全领悟后，傅雷先生就花了近一个月的时间，以蝇头小楷抄录了自己翻译的、六万多字的丹纳名著《艺术哲学》第四篇《希腊雕塑》。《傅雷家书》干脆利落的文字间藏着最真挚的情感。

循着文化的脚印慢慢长高

　　傅聪先生在父亲的指点与影响下一步一步走向高峰。相比之下，傅聪先生的弟弟远没有哥哥那么幸运。傅雷先生给次子傅敏的信件没那么多，但也有让人印象深刻的片段。他希望傅敏做好中学老师，也在信件里提出了对学习词汇、语法等细节的建议。

　　学习艺术是需要才华的，傅雷先生大概是才华的拥戴者。而他的这种教育方式，也与自己的成长与性格有很大关系。在傅雷先生翻译的《约翰·克利斯朵夫》中，"屈服"这样词汇，好像被他当作敌人剔除了——"真正的光明绝不是永没有黑暗的时间，只是永不被黑暗所掩蔽罢了。真正的英雄绝不是永没

2017年8月2日，参加钢琴十级考试，爸爸拍到了我的背影

有卑下的情操，只是永不被卑下的情操所屈服罢了"。

　　这句话也隐含在傅雷先生的一生中。从小经历的磨难、受到的教育成就了他直率、坚韧的性格，在他遭到迫害的时候，所做的决定也正是视精神和尊严高于一切。他的标准和要求既影响了自己的儿子，也给世人留下了深深的感叹。

　　傅雷先生在灾难中决绝地走了，傅聪先生也在另一种灾难中离开了人世。那舞台上的激情表演，再也无法看见，但那生命的旋律却永久地封存在我心里。

冉兮 Nancy

FOLLOW •••

《一直游到海水变蓝》是一部电影，也是一首文学生命之歌的歌谣。

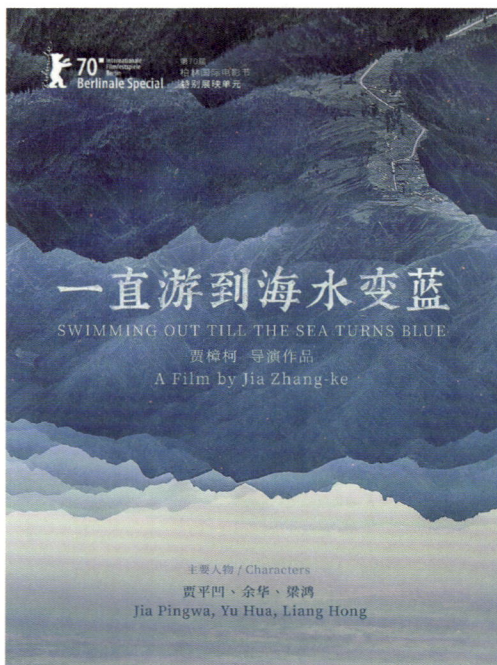

70th Internationale Filmfestspiele Berlin
Berlinale Special 第70届柏林国际电影节 特别展映单元

一直游到海水变蓝
SWIMMING OUT TILL THE SEA TURNS BLUE
贾樟柯 导演作品
A Film by Jia Zhang-ke

主要人物 / Characters
贾平凹、余华、梁鸿
Jia Pingwa, Yu Hua, Liang Hong

♡ ◯ ◁   ◻

Swimming out till the Sea Turns Blue, a documentary film directed by Jia Zhangke, talked about several famous writers' literary life in contemporary China.

100

一直游到海水变蓝的"几种表情"

《一直游到海水变蓝》
是贾樟柯导演的电影，
2021年公映，这是电影
海报
Poster of *Swimming out
till the Sea Turns Blue*,
a film directed by Jia
Zhangke and released in
2021

时代让每个作家都各自拥有了一个原点，那正是他们笔尖落下的地方。他们从原点出发，朝着更远的地方走去。

2021年中秋假期，贾樟柯导演的纪录片新作《一直游到海水变蓝》在几家电影院上映。与其他言情、悬疑、动作等更容易吸引眼球和票房的电影相比，这部纪录片小众十足，但别具文艺风情。在之前的放映会上，贾樟柯导演说："艺术史就是人类的痛史，而不是票房历史。"

贾樟柯导演擅长用不同的段落结构作品，《三峡好人》《24城记》《海上传奇》《天注定》无不如此。我对《三峡好人》的印象，总是一位中年人戴着斗笠，穿着两道杠白色背心，在绿绿的河上撑着船。不知道这是不是影片中的实际镜头，但那些故乡气息和人文情怀令人难忘。

《一直游到海水变蓝》是一部四段式的纪录片，

循着文化的脚印慢慢长高

分别记录了生于 1922 年的山西作家马烽、生于 1952 年的陕西作家贾平凹、生于 1960 年的浙江作家余华，和 1973 年生于河南的女作家梁鸿各自的文学起点故事，以时代为线索，回到了这四位作家的故乡，并在那里忆一段往事。

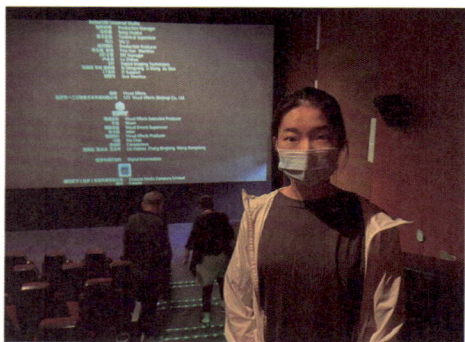
大银幕前留影

金黄色的故乡

梁鸿的讲述泪点十足

字幕在最后升起

1. 传说

影片开头便是对于贾家庄几位老人的采访，汾阳也是贾樟柯导演的故乡。在采访中，他说："现在会比较多地思考许多城市跟乡村的问题……我觉得你要想理解今天的城市化的中国，就应该去理解乡土的中国。"同样，作家马烽在二十世纪五十年代也回到了这里。贾家庄有"三宝"和"三多"："三宝"是苦菜、柳叶和芦苇草，"三多"是讨吃要饭的多、卖儿卖女的多、打光棍的多。在这片盐碱地上，处处可见"下种不捉苗，有苗无收成"的窘况。而马烽到来后，治理盐碱地，大力宣传新式恋爱，使村子有了新气象，而他也将贾家庄的乡村故事写进了《饲养员赵大叔》《韩梅梅》《三年早知道》等作品中。讲述整个故事的是马烽的女儿和村子里的几位老人，他们诉说了一位作家改变村子面貌、为村子注入新活力的故事。讲到村子里发生的改变，老人说着说着就会笑起来，很有趣。影片中，我注意到了院子里马烽的铜像，闪耀着金色的光芒，还有一位老人在吃饭前把一盘饺子端到了他的照片前，并"陪"他饮了一盅白酒。这动作，就像面对一个神秘的传说。

2. 眼睛

镜头转入作家贾平凹和女儿贾浅浅等人在老家喝茶的场景。"我喜欢喝商洛白茶……"贾平凹的写作也跟商洛息息相关。

在讲述家族故事时，贾平凹讲到他奶奶在世时，全家二十多口人一直在一个锅里吃饭，谁家的媳妇做饭，她的孩子必然会得到一碗稠饭，而为了吃到好的锅巴，家人还经常藏铲子……

在《祭父》一文中，贾平凹写到他的父亲被诬陷为历史反革命，哭着说："我害了我娃了！"纪录片中，在回忆这段往事时，贾平凹说这是他第一次见到父亲哭，因为全家都期待贾平凹去读大学，可是因为政治原因不能去读了。父亲也知道这会毁了自己孩子的一辈子。这让我想到贾樟柯导演曾在采访中说："这个电影可以解开一些年轻人的身世之谜，这是一个比喻，我们要了解自己是谁，我们的家族、我们的家庭是怎么过来的……而且碎片化时代历史意识是缺失的。"这也让我理解到，影片中，作家们都会用他们最炙热的那部分情感讲述一个个故事，而故事里往往都带有时代的特色或历史的底蕴。爸爸说从贾平凹的眼睛里能看出一种深情，那双蕴含着丰富情感的眼睛，好像有一汪汪的热泪。我愿意认为那是对人性的凝视，不仅仅是因多年写作后的积淀，更是一种人文情怀。

当女儿贾浅浅轻轻地说自己要出两本诗集时，贾平凹提醒她写诗可以，但不要把日子诗化，要做好一个妻子、一位母亲。他看着女儿时很温情，在叮嘱的同时也透出对女儿的期许。即使一个人的日子是由文字组成的，他或她也永远避不开生活的现实。

3. 笑声

杨志军伯伯曾说，一个作家最重要的时期就是他的童年。"在我小的时候，看的这个大海是黄颜色的，但课本上说大海是蓝色的。我们小时候经常在这游泳，有一天我就想一直游，我想一直游到海水变蓝。"这是作家余华在电影结尾说的一段话，电影的名字也源于这段话。余华在医院里的成长经历，使他晚上睡觉时常常被失去亲人的家属们的哭声吵醒。"后来的日子，我几乎是在哭泣声中成长。那些因病去世的人，在他们的身体被火化之前，都会在我窗户对面的太平间里躺上一晚，就像漫漫旅途中的客栈，太平间以无声的姿态接待了那些由生向死的匆匆过客，而死者亲属的哭叫声只有他们自己可以听到。""有一段时间，我曾经认为这是世界上最为动人的歌谣……"余华说那时候夏天非常热，午睡起来都能看到席子上自己的身形，于是他在太平间睡过觉。在那些炎热的中午，他感受的却是无比的清凉。后来，余华读到了海涅的诗句："死亡是凉爽的夜晚。"长大后，余华成为牙科医生，每天面对着被他称作"世界上最没有风景的地方"，他厌倦了这种生活，也想像文化馆的人那样，每天在街上走一走。于是在一次又一次投稿、退稿的经历后，他的作品终于得到了老编辑周雁如的认可。发表之前改稿，他顺便在北京玩了一个月，回家的时候兜里还能揣着几十块钱，那是他感到人生钱最多的时候，火车路过山东时他还给父亲买了四只烧鸡。此后余华如愿以偿地调到了文化馆工作。讲起往事，余华兴奋而开心，他的笑声仿佛打开了新世界的一扇大门，从卫生院到文化馆，从牙科医生到作家。从高档次的杂志到不为人知的小众刊物，他提到了自己不断被退稿、改稿的经历，从描述中能感受到，他对于写作的热情始终都没有被磨灭。听见他爽朗的笑声，我感受到，这段经历对他来说不但没有痛苦，反而充满乐趣。像他写的《活着》《许三观卖血记》等这些有关生死的书，都与他幼年时期的经历息息相关，正是这些经历，在他心里埋下了一颗种子，而这颗可以长出故事的种子，帮助他一直游到海水变蓝。

4. 哭泣

最后出场的是女作家梁鸿。她的作品大多在描绘农村人出村打工后的情况，以及他们和梁庄的关系。她说，当她完成一个阶段的人生大事后，决定回到老家看看，在那里住上一段时间。她注意到，这些人出去打工后，偶尔寄回来的汇款单会让家人觉得像过节一般，而这些离开村子的人，现在想想，他们和村子还是有一定关系的。她讲到了善良的父亲和年纪轻轻的大姐勉为其难地维持生计，多病且沉默的母亲用哭泣与去上学的孩子们说再见，无奈的继母决绝离开，挑起家里重担的大姐选择了合适但当时感到委屈的婚姻，以及善良的父亲义无反顾地支持他们读书。这些都是属于她的记忆，我不知道她当时的心情，只感受到了太多的眼泪，讲述母亲时流下的是无奈且遗憾的泪水，讲到姐姐时流下的是心酸的泪水；甚至连姐姐出嫁这样的喜事，都偷偷地抹泪。在梁鸿眼中，记忆中的姐姐总能解决钱的问题。她一边哭一边说："这种事真的不能提。"可见，一种复杂的情绪，不仅仅因为幼年时经历了很多生活的艰难，更是因为感受到了无奈。影片最后，她教儿子用河南话做了一段自我介绍。我想，在母亲的角色中，她肯定也希望，自己的孩子能够了解家乡、理解这个饱含着她丰富而复杂情感的地方。

的确，坐标系上的原点是擦不掉的。对一个作家来说，对故土的情感早已流淌在血液中。

冉兮 Nancy

幽深的海底隧道，和作家杨志军伯伯深沉的隧道故事。

The story between the dark undersea tunnel, and the Chinese famous writer Mr. Yang Zhijun's latest novel *The Undersea Tunnel*. What is the history of the undersea tunnel, and its current development here and abroad? And why did the novelist prefer to give it such a name? Just because he has been settled in Qingdao, with an undersea tunnel, for more than twenty years? I wrote this article after visiting Qingdao Undersea Tunnel Museum, reading the novel and interviewing with the author.

隧道故事，穿越海底也穿越心底

青岛海底隧道博物馆展出的隧道建设示意图和重要数据
Schematic diagram and important data of the tunnel construction, Qingdao Undersea Tunnel Museum.

《海底隧道》天天出版社
2017 年 1 月版

自从来青岛九中读书，我常常有机会穿越海底隧道，也常常会想起杨志军伯伯的一本书——《海底隧道》。这本书是 2017 年杨志军伯伯送给我的，他在书的扉页上潇洒地写下了这样几个字："冉兮小朋友，扎西德勒。"

"扎西德勒"在藏语中是祝福吉祥的意思。从小我就有机会读到许多杨志军伯伯写的书，像《藏獒》，像《骆驼》，像《巴颜喀拉山的孩子们》。从这些书中，我常常会读到一个神秘的高原世界，那里有雪山，也有獒王。2009 年，爸爸带我到美国去看望在巴德学院访问工作的妈妈，一路上陪伴我的玩具就是《藏獒》里的小主角——嘎嘎。遗憾的是，下飞机的时候，我的嘎嘎"跑"丢了。

循着文化的脚印慢慢长高

《海底隧道》不是写高原的书，而是写青岛的书。故事里，圆圆是一个调皮的留守儿童，爸爸妈妈在青海从事着神秘的"挖矿"工作，常常过年也不能回家。他和爷爷奶奶住在海的另一边，自幼缺少父母之爱的他，把爷爷奶奶看作最亲的人，陪伴他的还有姐姐多多和慈爱的张老师。然而，谁也替代不了爸爸妈妈，隔着大海，他有对爸爸妈妈的无尽思念，也有许多不解和埋怨。然而，即使到了爷爷奶奶去世的时候，需要坐轮渡过来的爸爸妈妈却因为天气原因被困在海的那一边，以至于不能见爷爷奶奶最后一面。大海就像一个屏障，隔断了圆圆的爱。直到有一天，他听说了可以连接彼岸的"海底隧道"，他开始懂得一代又一代人的努力与奉献，开始明白爸爸妈妈也是因为国防建设才"说谎"，他在成长中逐渐变得坚强。后来圆圆读了大学，毕业后追寻爸爸妈妈当年的足迹，到大西北"金银滩"做了一名医生，他也像张老师一样当志愿者去给当地的智障儿童上课……

杨志军伯伯想通过这本书告诉我们，有一种精神是不畏苦难的，那些远离故乡、隐姓埋名、无私奉献的父辈，也是我们成长的榜样和引领者。然而，我读到圆圆在奶奶的墓地前写作业这个情节时还是觉得悲伤。

趁着爸爸到杨志军伯伯家取新书的机会，我终于有机会问一问杨志军伯伯为何会在《海底隧道》中写那么多的生死离别。伯伯告诉我说："理解痛苦，是成长的一门必修课。"

杨志军伯伯为我签名

　　我又问伯伯写这本书有没有什么灵感来源。他说，在海底隧道开通之前，他有时候也会坐轮渡，在等轮渡的时候他会想，如果有一个小男孩遇到无法过海的情况会怎样，在他身上会有什么样的故事发生。伯伯正是带着自己的问题和想象，写了这样一本书。

　　在读完这本书后，圆圆和小伙伴们"挖条隧道去青岛"的梦想，和茫茫海滨那个熟悉的山洞口自然一直吸引着我。2021年清明节假期，我去参观了坐落于隧道口的海底隧道博物馆，领略了海底隧道的神秘，也领略了像书中所传递出的那样，一代人又一代人默默建设的力量。

循着文化的脚印慢慢长高

人类探求海底隧道的历程

一块又一块的海底石样

在博物馆里，我看到了钻爆法、沉管法等不同工作方法的发明与实践，了解了海底隧道的整个建设过程。那些动态图写满细致与艰辛，一份又一份海底石材的采集资料都详细地记录于纸上，设计与规划、施工与建设均由不同的人负责完成，不足八千米的路程从动工到通车长达五年之久，在这些复杂而繁重的工作里隐藏着多少心血啊！

也正是有了海底隧道的开通，大雾和风浪的阻隔都成为过去，这条连接两岸的全天候通道实现了胶州湾两岸几代人"同城一家"的梦想。对于黄岛人来说，青岛不再遥不可及；对于青岛人来说，黄岛成为新的家园，一些上班族开始把家安置在黄岛，每天经由海底隧道往返。海底隧道的开通不但打开了西海岸的大门，还让这里的经济插上了腾飞的翅膀，有数据显示，2011 年黄岛区的 GDP 还是 1174.6 亿元，2016 年就已经到了2765.7 亿元。

如今的黄岛，和它身后更广阔的西海岸已经有了日新月异的改变。在穿越海底隧道的过程中，我的心底还是会冒出这样的念头：如果圆圆小时候海底隧道就打通了，那么多悲伤故事是不是就不会发生了？

冉兮 Nancy

FOLLOW ···

诗人北岛先生，递给我《给孩子的诗》。

♡ ◯ ◁ ◻

Mr. Bei Dao, an influential contemporary Chinese poet, signed the copy of his new book *Poems for Children* to me in person. I'm very pleased to share my thoughts about these poems and other poets here.

大诗人和《给孩子的诗》

这个假期从读《给孩子的诗》开始。这本书已
经在书架上睡了三年，拿起它就想起北岛先生，略
显沧桑的面孔，长方形透明无框眼镜，浓黑的眉毛，
似乎有种严肃到不敢靠近的感觉。也许是因为签书
的那一刻，文学馆的房间有些肃静，大概严肃是会
被感染的，所有人都好像一个样子。我走上前去，
打开书的扉页，竟瞥见了北岛先生露出了笑容，亲
切感便涌上心头，原来有点酷酷的诗人也是有亲和
力的……

北岛先生编选的《给孩子的诗》和刊有谢冕
爷爷《在新的崛起面前》的诗论集

循着文化的脚印慢慢长高

《给孩子的诗》是北岛先生编给他的儿子兜兜的，后来成了畅销书，充满乐感和画面感的诗歌经典有了更广的传播。在阅读31首中文诗歌前，爸爸和我一起查阅、标注了诗歌的创作年代。爸爸说，不仅要知道这些诗是啥时写的，还要了解诗人写作时的年龄。

我喜欢的《欢乐》是何其芳先生写于1932年的一首诗，那一年他20岁，还是一个文学青年吧。他的欢乐，像是反复的咏叹调。如果我们写欢乐，可能会写欢乐的具体事情，一来叙述欢乐，二来点明题目，但是诗人却始终在询问欢乐的颜色，是从哪里来的，20岁的"我"可能就是忧郁的。

海子的名句"面朝大海，春暖花开"写于1989年，是25岁的海子在自杀不久前写出的。这个句子看起来是幸福的、快乐的，其实却是在他几乎绝望的时候写的。诗歌，是心灵呼唤的声音。诗人所向往的生活，渴望的幸福快乐，往往不是现实。

生活在平淡幸福中的我们，很难体会到这份波澜起伏，只有有了更多的人生经历之后，写的诗才会跌宕。所以，诗歌本身与创作的背景是息息相关的，不能一味看到描述的画面幸福，便猜测是诗人当时的处境。

欧阳江河先生的《寂静》写于1990年，在此之前，爸爸说中国的青年人遇到了极大的挫折，所以欧阳江河先生会在冬天的橡树下"停止了歌唱"，所以，"黑马的眼睛里一片漆黑"。

2020 年 7 月 26 日，和欧阳江河先生

在读到"狂风中的橡树就要被连根拔起"的时候，真难以想象"狂风"的力量。

2020 年 7 月，在良友书坊的展厅里，我见到了诗人欧阳江河先生，老远看到他很威武地站着，说话铿锵有力，声音也传得很远。他在展厅里一句一句地为听众读解他的书法作品，有的句子是爽朗的，有的句子是轻轻的，像是起伏的旋律。

寂静中果然也能孕育出力量，就像是《寂静》中那个"下了一夜雪的早晨"。

诗歌就是这样神奇。它是有灵性的，它隐藏了诗人内心深处的情绪，而这份情绪我们在诗里可能读不到；诗人的心灵感受没有规章，也没有套路，只有真实以及向往。

在读《给孩子的诗》时，爸爸提醒我读一篇谢冕爷爷的文章《在新的崛起面前》。爸爸说，像北岛先生这

117

2018 年 7 月 14 日，和谢冕爷爷在一起

些诗人，曾得到过谢冕爷爷的大力支持。一直关心新诗发展的谢冕爷爷，在这篇文章中提到，新诗不要害怕背离传统——"我们一时不习惯的东西，未必就是坏东西，我们读得不很懂的诗，未必就是坏诗"；"新"应当融会新的东西，应当发展，不要害怕"古怪"。

假期中，北京大学中文系的微信公众号上刚好发表了一篇对谢冕爷爷的采访——"好吃，好玩，好看，这就是我的人生态度"。采访文章里竟然配了一张谢冕爷爷爬越铁门的照片，真是让我惊呆了。

我也不由得回想起谢冕爷爷笑呵呵的模样。那是 2018 年，谢冕爷爷来青岛参加活动。他发型干净利落，衣服整齐，嘴角微微上扬，眼角的皱纹里仿佛藏了许多快乐的事要跟我们分享。谈到诗歌，他很关切地问我："你们现在上学课本上有现代诗吗？"

那天，临近晚餐的时候，我询问谢冕爷爷喜欢的口味。爷爷很认真地说："可以吃方便面吗？"大家听到后，都笑了。虽然这个简单的愿望那天不能满足，但是他那"可爱"的形象，却种在了我心里。

冉兮 Nancy

FOLLOW ···

戴上建筑学术年会的参会证，我挤进了学者云集的会堂。

Wearing the registration card of the architecture academic conference, I crowded into the hall of scholars. For the first time, I got to know a female Taiwanese architect's name, Mrs. Wang Qiuhua, and was deeply attracted by her design concept, and her commitment to her hometown in mainland China.

文庙与雪舍，走近建筑学术年会

2021 年 5 月 29 日，在青岛理工大学旁听学术会议。
Attending the academic conference at Qingdao University of Technology, 29 May, 2021.

文庙与雪舍，是完全不相干的两座建筑，却因一场学术年会深深印在了我的脑海里。

这场叫"第四届中国建筑口述史学术研讨会"的会议是 2021 年 5 月在青岛理工大学召开的。

有关文庙的"故事"，来自西安建筑科技大学林源老师的主题演讲，她发言的题目是"从苏工到西冶——一座重檐歇山殿堂的往事前尘"。

这是一个关于木作模型的故事。在 1955 年，苏南工业专科学校土木建筑专业被调整到西安参与组建西安建筑工程学院，这所学校后来更名为西安冶金建筑学院、西安建筑科技大学。在学校的变迁中，一件用大木箱装着的木作模型也跟着迁移流转，它是根据苏州文庙大成殿的原样缩微制作的。它一度被安置在新学院的角落里，落满时间的灰尘。林源老师在发现了这件模型后，就和学生们一起分组，开始通过分门别类地拆解与还原模型来理解建筑的

循着文化的脚印慢慢长高

设计与比例。她还和学生们奔赴苏州，对大成殿的现状进行了详细测绘，从而找出其与原模型制作不相对应的渊源。一场木作技艺的追溯，一下子变成了建筑专业教育和认识历史的生动教材，使专业学习变得有趣起来。

在一系列图片中，竟看见大成殿的一块牌匾上曾写着"为人民服务"，这背后的故事一定不会少。

林源老师的演讲，听起来十分"有料"，这和她的研究"有料"分不开吧。

东南大学建筑学院的汪晓茜老师，则通过她对重庆"国立中央大学"建筑系校友王秋华女士的访谈，讲了一个建筑老祖母的故事。

王秋华奶奶，生于 1925 年，曾在重庆"国立中央大学"建筑工程系、华盛顿大学建筑系、哥伦比亚大学建筑及都市设

林源老师讲文庙大成殿模型的故事

汪晓茜老师讲建筑师王秋华的故事

计研究所求学。她有着显赫的家世，也有着以建筑为信念的成就……王秋华奶奶的父亲是"国立武汉大学"首任校长王世杰先生，因为父亲工作的缘故，王秋华小时候随父母先后辗转于南京、武汉、重庆等地。

汪晓茜老师说，王世杰先生临终前再三叮嘱女儿们要为故乡崇阳做点事，以促进家乡文化事业的发展，于是王秋华奶奶就和姐姐王雪华在 1997 年捐建了雪艇图书馆。这座图书馆由她亲自设计，在馆内配备了红外线防盗、冷暖空调和计算机管理系统，成为当时湖北省装备最先进的县级图书馆。透过王秋华奶奶写的《回忆我的父亲王世杰》一文可以知道，王世杰先生在专注于教育之外，对传统书画和诗词也极为热爱，即使到重庆郊外看画，只有青菜豆腐作为餐食，只要有画看，他便精神抖擞。在父亲的影响下，王秋华的兄弟姐妹自幼就熟记诗词，有首《风中柳词》四兄弟姐妹都能熟背……"词的内容也是父亲心目中的一个理想意境：但家怀、园蔬溪籁，菊花酒足，松花饭熟，日三竿，图些清福。"

后来，被誉为"台湾图书馆之母"的王秋华奶奶一

雪舍

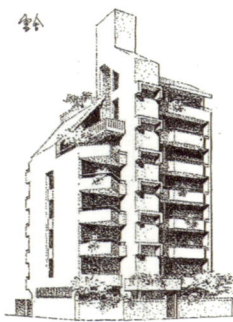

直把建筑作为一门实用艺术。她认为设计中应当展示人本思想，并且与自然融合，她的经典建筑设计，如中原大学、张静愚纪念图书馆、雪舍自宅等无不如此。汪晓茜老师展示的 PPT 中，清楚地呈现了王秋华奶奶设计图书馆时如何选择最适合阅读的位置、防火装备、冷暖空调等等。

为了营造舒适的阅读环境和私密的阅读空间，她费了很多心思。青年王秋华在学习的选择上很有自己的主张，早在重庆"国立中央大学"建筑工程系读书时，她最喜欢的老师并不是当时最有名的建筑师，而是李惠伯先生。在采访中她甚至说，如果李老师不教课了，她就退学，因为她只看好他的建筑理念和教学方法。到美国后，她从师于犹太建筑师古德曼，并在古德曼建筑事务所实习过一段时间。古德曼先生最擅长教堂设计，而她后来最擅长图书馆设计。她还鼓动古德曼先生写了《看见理想国》一书，这本书记录了古德曼一系列游历、观察、记录和描绘的成果。书中，古德曼用人类学的眼光观察居民的生活方式，又凭借建筑学素养测绘当地的建筑，呈现民俗风貌，展示了一个在世界地图上找不到的"理想国"。王秋华奶奶把这本书翻译成了中文，爸爸还特意为我买了一本，可惜这本书的装帧与印刷看起来都有些粗糙。

王秋华奶奶 1979 年才从纽约回到台北定居，王世杰先生责备她："你回来得太晚了。"

也许是为了弥补对家庭的亏欠，王秋华奶奶精心设计了一座八层楼的"雪舍"以安顿一家人的起居。图片中可以看到她家中的角角落落、拐角的绿植、艺术品搭配、楼梯的颜色和框架、整个房间的装饰等都极具格调又不失家的温馨。能为自己设计一个舒适而心爱的家，真令人羡慕。

在会上，汪晓茜老师还说王秋华是原中央大学校友中为数不多仍在世的老一辈建筑师。令人伤感的是，2021年6月14日，王秋华奶奶因心脏衰竭在台北仁爱医院离世了，享年九十六岁。在缅怀她的同时，我也在想，什么时候能去她的雪舍看一看呢？

一直以来，我都觉得建筑设计是份很有意义的工作，如何将人的住所、将空间和配备应用到最好，使它舒适且便捷；或

在青岛理工大学探看老建筑

循着文化的脚印慢慢长高

教学楼的背面，楼顶有校徽

俯瞰校史馆

艺术与设计学院的走廊

是将人来人往的公共场所，变得有特色且与自然环境融合恰当，使空间按功能合理划分，又可以用细节打动人、吸引人……

借着走近年会的机会，爸爸还带我参观了青岛理工大学老校区。这座外表并不起眼的老学校，仔细品味也很有范儿，似乎就连随风摇摇晃晃的树也藏着很多故事。学校的前身是1952年创建的青岛建筑工程学校。我们认真观察了教学楼上的标志，一个圆形的图案，其中有尺子、圆规和锤子，一眼就可以明白这是一所偏工程的学校。

艺术与设计学院所在的红楼是学校的代表建筑，推开朱漆大门，便会闻到一股油漆和油画颜料混合的味道。走廊上挂着学生们的室内设计、景观设计、环境设计作品。看得出，多数作品是学生们用笔记本电脑绘制成的。我觉得技术是一件很难的事儿，爸爸不太赞同，他说技术有三五年工夫儿就可以练成，但技术与艺术永远有差别。有些人画得看起来很细致，但他不一定懂得并理解艺术，也未必热爱艺术；如果不热爱艺术，艺术这行就永远做不好。

感知潮流艺术

冉兮 Nancy   FOLLOW   •••

卡塞尔文献展是世界艺术的顶级大展，作为第十届总策展人的凯瑟琳·大卫女士来青岛啦。

In 2020, Ms. Catherine David, as the general curator of the 10th Cassel Documenta, which is one of the top exhibitions in the world art circles, visited Qingdao accompanied with Mr. Wangyin, the top contemporary artist born in Qingdao. I was so excited to listen to the dialogue between them at my daddy's office.

遇见卡塞尔文献展策展人凯特琳·大卫

2020 年春节疫情初起，口罩刚刚开始遮掩面容，有幸见到了凯瑟琳·大卫（Catherine David）女士。她是卡塞尔文献展第一位女性策展人，策划的第十届卡塞尔文献展于 1997 年夏秋季节展出。位于德国中部的卡塞尔虽然只是一座拥有 25 万人口的小城市，但在这里举办的五年一度的文献展享有盛名，一直被称为"先锋艺术的实验现场"和"国际当代艺术的风向标"。

这位具有中东血统的法国女士访问青岛，是为了解青岛籍艺术家王音的故乡与成长。

在紧靠大海的栈桥王子饭店，我见到了凯瑟琳女士。她大约六十岁上下的样子，优雅依旧，头发轻轻挽起，打扮很有异域风情，夸张的金属式样饰品似乎是她的标志，后来我在书中也见到了她佩戴着类似的首饰。她那双炯炯有神的眼睛十分迷人，在之后的访谈中，我也注意到她的眼波中似乎涌动着思想，不曾停歇。她很温和地喊我Nancy，保持着浅浅的微笑。起初我并不确定她的国籍，直到她朝我举起盛着葡萄酒的酒杯说："Let's use French way."。我才知道她生于巴黎，而且担任过蓬皮杜艺术中心现代艺术博物馆的副馆长。

随行的还有维他命画廊的创始人张巍女士，作为凯瑟琳的翻译，她一直陪在身边协助沟通。王音伯伯和凯瑟琳女士聊到了对绘画的理解，阐明了对作品的一些想法，还有未来的创作方向。我在一旁负责冲咖啡并聆听，听到凯瑟琳说问题意识的重要性，艺术家要常问自己问题，从而思考自己的作品。在这个什么都很庞大且抽象、快速的时代，要再现图像，要有来自各个维度的态度。她说，王音伯伯是具象画家，不像培根。他也像作家，绘画中也有对过去的参照。

在我之后翻阅凯瑟琳策划的卡塞尔文献展资料时，才理解了她所说的问题意识是什么。第十届文献展的主题是文化的形象与形式表现，展览进程中有对世界上正在发生的政治、社会的尖锐问题的讨论。在她眼中，艺术的历史是批评的历史。通过文献展，她试图用乌托邦精神和后结构主义思想讨论政治议题，其中涉及城市主义、民主权利、艺术与政治等一系列论题。展览不仅要超越界限，展望未来，更

第十届卡塞尔文献展画册

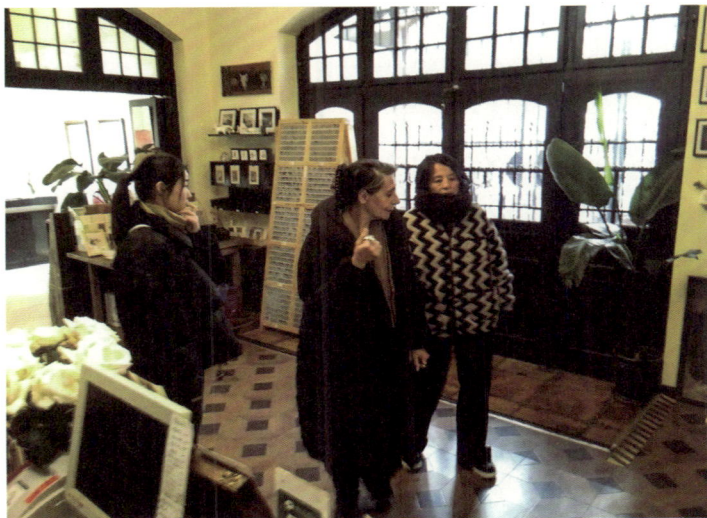

参观良友书坊

要回顾。因此，她推出了"回顾展"，让许多具有代表性而被艺术史忽略的作品重新被展出。

那一件件作品仿佛在描绘整个世界的样子。比如安德里亚·布兰兹（Andrea Branzi）的《永不停歇的城市》，海伦·勒韦特（Helen Levitt）的一组照片——《纽约》，海斯·邦丁（Heath Bunthing）的《伦敦游客指南》，还有雷姆·库哈斯（Rem Koolhaas）描述中国的《新城市主义：珠江三角洲》……这届文献展的主展场地虽然集中在卡塞尔弗里德利希阿鲁门博物馆、文化火车站及室内空间，其内容却容纳了对世界各地重大事件

循着文化的脚印慢慢长高

的讨论。有批判，有同情，也有旁观者的思考。值得一提的是，卡塞尔这个"城市"四周都摆置了艺术品，它们不是通常意义的雕塑与装置，更像一场又一场的提问。

　　展览所邀请的艺术家也没那么具有"明星"架势。他们被赋予了发问者的角色。其中的几幅作品给人以震撼之感。奥地利艺术家彼特·科格勒（Peter Kogler）在变化多端的墙面上铺满了错综复杂的网络管道图案，带来机械的感觉，预示着在这个时代，网络时代已经到来，并渗透到我们的生活各处。在人们欣赏温和、模糊的展品时，这个墙面似乎与之形成了很大的

艺术座谈

反差。建在卡尔绍公园草坪上的《猪和人类的家》也引起人们的思索：究竟什么是艺术？是母猪带着自己的儿女，在人类的地盘上安然享受着？格哈特·里希特（Gerhard Richter）的作品《图册》也令人耳目一新，他将记录了成千上万张关于个人及社会历史的图片，直接搬到了画布上。

这让我不禁想到了法国艺术家杜尚的颠覆传统艺术的《小便池》雕塑——签注姓名的现成品，是否就可以送去展览？是否就可以成为艺术品？对于艺术定义的探索是亘古不变的话题。而《信息系统——为第十届文献展设计的书橱》来自阿克奇建筑设计事务所（Acconci Studio），用旗帜与徽标做艺术素材，是阿克奇（Vito Acconci）的特别选择，于是各个世界徽标似乎与在书橱上的书籍变成了一般模样。这让我想起了新锐艺术家朱莉·梅雷图（Julie Mehretu）后来在伊斯坦布尔发出的"帝国指令"（Imperial Instruction），她让文字、体育建筑图纸和五颜六色的旗帜散布在画布上，体现她对城市景观历史层次运用的重视……

为了使议题的思想性更加突出，凯瑟琳还在展览中植入了"100日——100位嘉宾"的谈话活动，他们从政治学、社会学、建筑学、城市规划学、艺术史学等多个维度出发，从而使展览变得"滔滔不绝"。

第十届卡塞尔文献展引人注目，不仅是展览组织方式的特别，更因其带有鲜明的女性主义特征而特别。凯瑟琳作为第一位策划卡塞尔文献展的女性策展人，不仅要承受挑战策划世界大展带来的精神和体力压力，还要接受旁人的批评。有人谴责她将靠艺术品和美学说话的展览，变成了一个如同政治会议般的事件。但无论怎样，凯瑟琳和第十届卡塞尔文献展，都产生了重大的影响力。有关社会问题及文化观念的讨论，将人们的观点汇集了起来，是极好的初心。我想，凯瑟琳不仅勇敢，而且有对批判、讨论历史的坚定。她引入了殖民主义、城市规划等重要话题。她的工作被接续者肯定，第十一届卡塞尔文献展的策展人奥格维·恩维佐（Okwui Enwezor）延续了部分话题。

与凯瑟琳女士道别时，我和她聊了些有关法语的话题，并尝试说了几句我曾经在英国小学学到的词汇，以及在巴黎之行中学到的俚语，她还是很温婉地冲我笑，轻轻地说话，还问我是否对大人的聚会访谈感到无聊。临走时她还用法语"Merci"跟我道别，果然，法国人能不说英语就不说英语，哈哈。

和凯瑟琳·大卫交谈

冉兮 Nancy

FOLLOW ···

时间是褪色剂，然而，伍德斯托克里的音乐盛会，从没有褪色。

No one who was there will ever be the same. Be there.

woodstock

starring joan baez • joe cocker • country joe & the fish • crosby, stills & nash • arlo guthrie • richie havens • jimi hendrix santana • john sebastian • sha-na-na & sly & the family stone • ten years after • the who • and 400,000 other beautiful people.

a film by michael wadleigh • produced by bob maurice
a wadleigh-maurice, ltd. production • technicolor® from warner bros.

Time maybe fades everything, yet the Woodstock Rock Festival is the exception: the former site I once visited, *The Road to Woodstock* by Michael Lang I have read, the documentary I was impressed by……

伍德斯托克里的青春、爱恋与和平

伍德斯托克音乐节海报
The Woodstock Rock
Festival poster

"我们家镜子上的那个小挂件，就是亨德里克斯的吉他小模型。"爸爸说。我走近那个长条镜面，抚摸着那束被幼时的我拉扯过、已然弯弯曲曲的琴弦，想象着一个小女孩期盼用手指扯出声响，随后立即将耳朵贴到手掌般大小的吉他挂件上的画面。

那时的我完全不会管谁是亨德里克斯，以及这是不是他的琴——这样的问题，只是单纯希望它能发出些声响。事实证明，那时听到的是挂件上金属丝的声音，但也许我会把那些旋律幻想成琴声，仿佛它是一把真正的吉他。直到上月，爸爸再次提醒了我，那时已粗略翻过迈克尔·朗（Michael Lang）的 *The Road to Woodstock: From the Man Behind the Legendary Festival*，并观赏过伍德斯托克音乐节的纪录片了，这才有了点恍然大悟的感觉——书里的亨德里克斯就在我身边，摇滚音乐一直离我很近，只不过，久久没有发觉。

139

循着文化的脚印慢慢长高

我在 4 岁时，就与爸爸妈妈跟随美国巴德学院的嬴阿姨去过一趟伍德斯托克，那是纽约州北部的一座有湖的小城贝塞尔，我已完全忘记当时的情形了，可能是因为没有吃到那里的冰激凌吧。

The Road to Woodstock 的作者迈克尔·朗，是伍德斯托克音乐节的主要发起人之一，是个挺普通的美国男孩，父母有欧洲血统。那时的布鲁克林迎来了生育高峰，街头上的年轻人多了起来，

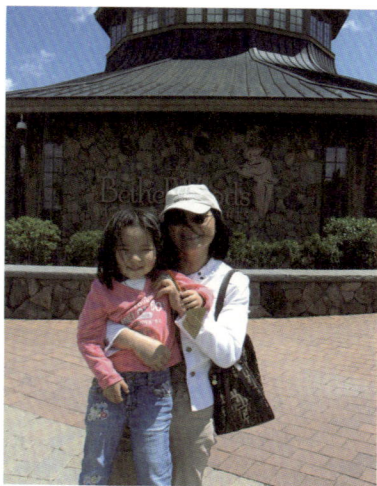

2009 年，和巴德学院教授嬴莉华阿姨在伍德斯托克音乐博物馆门前

很多与父辈们不同的见解与思想开始纷纷涌现。流行摇滚、嬉皮士大行其道，这些披着头发嘶吼的人，看起来有些离经叛道，但深深吸引并影响着青少年。鲍勃·迪伦就是其中的一员，他主要活动在迈阿密，是班得乐队的成员。少年迈克尔·朗受鲍勃·迪伦的影响很大，痴迷他的音乐和表演的方式。在十一二岁的年纪，迈克尔就学习打鼓、骑摩托车，那时的市面上开办了好多间午夜俱乐部，他经常去那里"游荡"，但玩得并不算太出格。在同伴的印"引诱"下，他第一次尝试了 popping pills，书里这样形容："Experimenting with pot and later LSD, would take

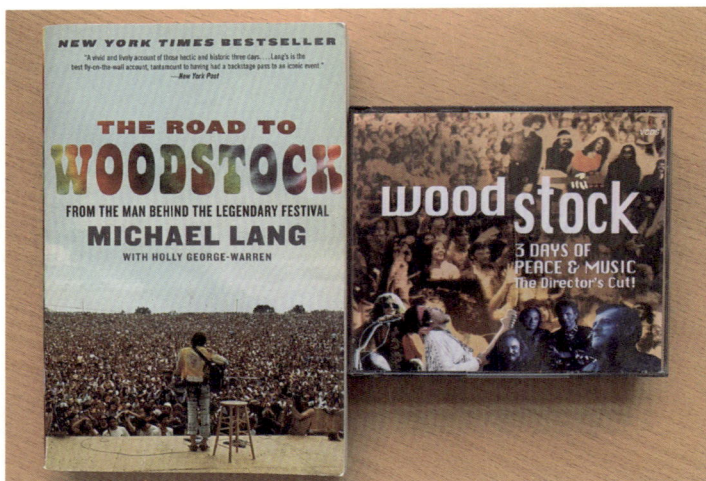

关于伍德斯托克的图书与影碟

me further than any motorcycle or car I ever owned."。显然，这是说，毒品让他达到了比飙车还高的兴奋点。之后，他还与父母一本正经地谈论起了毒品。

在一系列尝试后，迈克尔开始改变他的思维方式，也试着读一些书，比如黑塞的《悉达多》。他的父母依然很开明，在他决定开一间店时，父亲甚至还寄了钱并托亲戚转交，尽管亲戚们都投来了异样的目光。

迈克尔和女友波林（Pauline）的相识也为他打开了新世界的大门，女友、地下音乐以及流行文化，都是带他踏上摇滚之

2021 年和妈妈在青岛独立音乐现场

路的引领者。

书中 popping pills 和 hit it off（交朋友）是我印象很深的短语，因为出现频率特别高，二者相互联系。无论是迈克尔成年前开店，还是操办伍德斯托克音乐节，和同伴一起疯玩是他们热衷的社交方式，特别是第一次和阿蒂·科恩菲尔德（Artie Kornfeld）相遇，这两个嬉皮士后来成为伍德斯托克音乐节的主要发起人，他们在距离纽约州 150 千米处开办了录音室，为要录制专辑的音乐人提供服务。的确，是摇滚让两个陌生人一见如故，这大概就是音乐的魅力吧。

伍德斯托克的诞生，在迈克尔的讲述中并没那么复杂，好像都是水到渠成——他想去做，就去做了，罕有过多思虑。事实上，这个音乐节真正的根源来自一次拒绝服兵役的申请，迈克尔并不想去参加越南战争。在他心里，美国没有权力去参与另一个国家的战争。

由此，和平也成为伍德斯托克的一大主题——年轻人渴望和平、自由，还有爱，而这些情绪和意愿都融入了他们所创作的摇滚乐中。这也让我想到了约翰·列侬和小野洋子的行为艺术，以及他所创作的 Give Peace a Chance，而这句话新近就出现在北京冬奥会巴赫先生的开幕式致辞中。

与文字的清新不同，纪录片所记录的伍德斯托克是灰蒙蒙的，因为那些天在下雨。爱钱的度假村老板起初非常反对音乐节在农场举行，他们的儿子为此与父母起了争执。而老板娘在音乐节后，躺着数自己橱柜里的私房钱，大概对她来说是再完美不过的结局。

为期三天的音乐节非常成功，原本预计承载 10 万观众的农场，迎来了 50 万人，也造成了纽约州历史上最严重的大堵车。迈克尔·朗在 1968 年举办迈阿密流行音乐节时曾说，假票泛滥给他们造成了很大的损失，没有足够的钱请乐手，但即使如此，也要让音乐继续。棘手的问题，最后都会迎刃而解。

在读 *The Road to Woodstock* 的过程中，我也请教过一位外教，问他知不知道伍德斯托克，他立即露出很吃惊的表情。显然，他认为现在多数年轻人对伍德斯托克并不熟悉，甚至许多美国青年也未必知道这个比较"老"的音乐节，我的提问看起来有点儿特别。他毫不犹豫地回答我："Of course，I know Woodstock！"。尽管他来自加拿大，但当时关于伍德斯托克的消息占据了大量的报纸版面。他说，自己虽然不是美国人，但因为媒介发达，有很多美国信息广泛流传，所以他们不仅知道，而且深受影响。他说，这个过程中，当然有利也有弊，因为毒品的滥用，一度带来了很多社会问题。

外教告诉我，因为向往伍德斯托克，他也去参加过吉米·亨德里克斯的音乐节，还看过伍德斯托克后来的两场纪念演出。但他觉得，这些演出在影响力上都比不了最初的那次，因为那时的伍德斯托克并不是真的在意钱。

　　写这篇稿子的时候，我也顺便百度了一下伍德斯托克，翻译给的例句很有意思："我知道伍德斯托克，证明我足够老吧！"

　　历史虽见老，精神永年轻。

冉兮 Nancy

FOLLOW •••

现在读大卫·鲍伊，不禁回想起英国地铁站的超级招贴，原来是他，原来他是音乐的精灵。

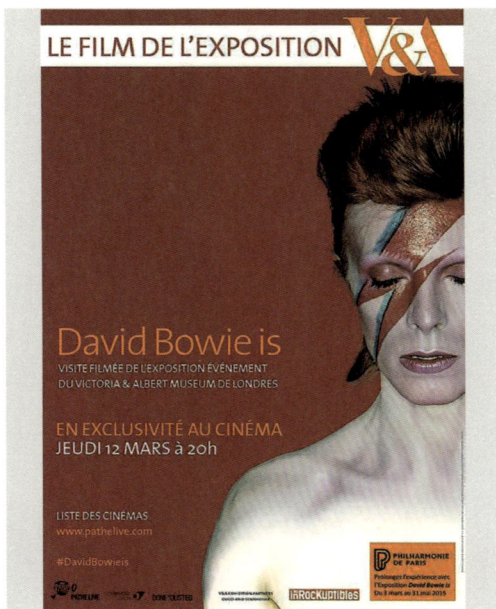

Wow, while reading about David Bowie today, I really can't help think of the super poster outside Garedu Nord in London. Oh, it's him! The spirit of music!

大卫·鲍伊，哪怕只有一天成为英雄

大卫·鲍伊 "David Bowie is"
世界巡展法语海报
French poster of "David
Bowie is" World Tour.

　　写过伍德斯托克音乐节之后，愈发想了解摇滚世界的更多内容，索性又读了几本书，说说具有"变色龙"之称的英国摇滚艺人大卫·鲍伊（1947～2016）。我播放着他的歌曲，翻翻资料和一本关于他的小书。这本英文小书于2021年由著名的艺术创意出版社 Laurence King 出版，作者是自由乐评人罗伯特·迪默里。罗伯特以时间为序讲述了大卫·鲍伊的成长往事和音乐经历，呈现了一代摇滚巨星的生命历程以及人们对他不同的看法。

　　书中说，大卫·鲍伊做过哑剧演员，发行过25张音乐专辑，也因在舞台上不断展示特别的服装与妆容而成为时尚界的焦点。他拥有强大的时代影响力，他的名曲串烧曾闪耀于2012年伦敦奥运会闭幕式；一年后，维多利亚与阿尔伯特博物馆又为他举办了 "David Bowie is" 的大型个人回顾展。这

147

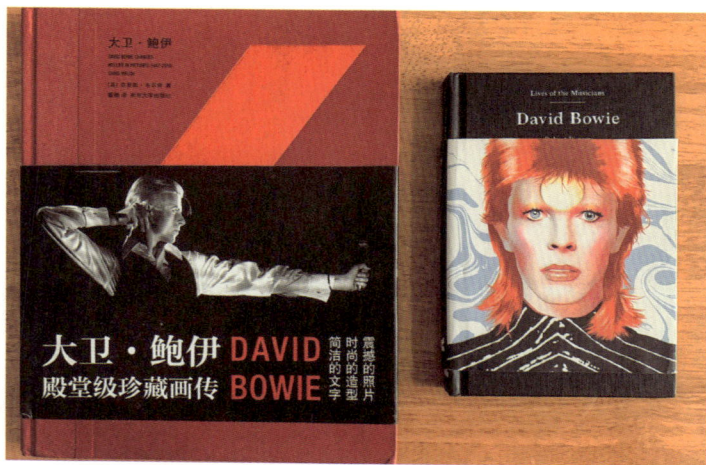

关于大卫·鲍伊的书

个展览从欧洲一些国家巡展到东京，在多个大都市刮起过英国潮流文化旋风……

　　促使大卫·鲍伊走向摇滚之路的部分原因来自他对原生家庭的排斥，那时他的名字还是大卫·琼斯。他来自一个家境平平的英国家庭，父亲是慈善基金会的职员，母亲思想僵化，他的父母关系极为疏远，从不拥抱也很少交流，他的哥哥也在精神病院自杀了……这让年纪幼小的大卫萌生了一定要尽快逃离这个家的愿望。

　　朋友德纳吉·莱斯皮曾描述去他家做客的情形："他的家很小，父母坐在电视机的两旁，母亲拿来了一些金枪鱼三明治，

"大卫·鲍伊 is"展览中文海报

但没人说话，没人说笑，我从没去过这么冷的家庭。"

这样的家庭环境让大卫感觉不到温暖，以至于他在出名后也不愿意和自己的母亲说话。这些经历后来被他写入歌曲《我不禁反思我自己》中。

学生时代的大卫就表现出了与同龄人不同的思考能力。他的老师在接受采访时说道："大卫更喜欢阅读和音乐，对于其他孩子的爱好，他毫不在意。"在跟随演奏家罗尼·罗斯学习萨克斯之后，他于1962年组建了自己第一支乐队——The Konrads。离开家后，大卫也加入过不少音乐组合，比如羽毛乐队。但他不唱歌，只是和林赛·坎普表演哑剧，后来他在采访中说，那些表演很令他激动。从他内向、注重自我的性格来看，他更倾向于内心世界的探索，而不是浮于表面。因此，他一直热爱戏剧表演，甚至晚年病入膏肓之时还在积极参与百老汇音乐剧的排练。

向内的性格也让他会厌烦喧嚣。在1967年，大卫一个人到一间佛教寺院度过了一段时光，只不过在那里他也未放下过音

在摇滚演出现场常常会听到大卫·鲍伊的名作 *The Man Who Sold The World*

乐，他在山林间漫步、打坐、冥想，脑海里却在为自己的音乐寻找道路。

听大卫·鲍伊的音乐，会觉得他像是在讲述一个又一个故事，他的确也是这样做的，利用经历作词，然后唱出来，像一个讲故事的人。比起唱歌，他更喜欢写歌，因为他非常注重歌词的内容。在音乐人热衷创作情歌的年代，大卫也曾随波逐流，只不过，他保持了自己的个性。

了解他的人，都叹服于他的自律。自律并不是八点吃早饭，八点半出门，而是一旦有某种设想且认为值得去做，哪怕这中间有自己不喜欢的，也会坚持到底。在不名一文的时候，大卫开过民谣俱乐部，观众从只有二十多个人到满场，他一刻也没松懈过；他也会坐在丹麦街的餐馆里，为乐队寻找心仪的乐手；他开艺术实验室，把伦敦的迷幻摇滚中心转移到了郊区……书里说，20 世纪 60 年代是欧美年轻人的幸运年代，因为那时有新的秩序、新的理念，而大卫则是当时的一个代表。在纪录片的采访中，会发现他很有礼貌且有逻辑地回答一些电视节目主持人刁钻的问题，没有任何情绪失控的迹象。

对后人和粉丝来说，大卫·鲍伊的形象变换得过于频繁而彻底，一些粉丝甚至会困惑于到底该穿什么衣服来模仿他，性取向的模糊也让粉丝琢磨不透，的确，他更像"变色龙"。从《瑞格星尘》到《太空怪人》，他经常表现出外星人的形象，也曾跟好友分享见到 UFO 的感觉，仿佛他真的来自另一个星球。

从个人的角度来说，他丝毫不在意且不害怕暴露自己，性格内敛的他早年在乐队时主动要求"化妆"，用各种夸张服饰装扮自己，还有他那双因一场意外造成颜色不同的眼睛，更是给他蒙上了一层神秘色彩。经纪人曾说他很聪明，因为他知道怎么让观众把眼睛聚焦在他身上，比如穿着裙装演出。但这并不意味他只注重这些，他更加重视唱什么歌，歌里唱的是什么。有时候他会说，如果创作 50 首歌曲，总有 30 首会唱烦，所以他一直坚持创作。不过他也有苦恼，特别是在自己不太喜欢的专辑《大火》发行之后。

在整个人生历程中，大卫·鲍伊受到了不少人的影响，像约翰·列侬，甚至包括他的女友们，而他也影响着后人。热爱艺术的他在喜欢上纽约的波普艺术家安迪·沃霍尔之后，就毫不犹豫地将这种抽象艺术带进了他的歌中。

晚年时，大卫·鲍伊因为心脏问题隐退了很长时间，直到2013 年才重回大众视野，很难想象，他竟然在这个时候又攀上了新的高峰。离世的三天前，他的最后一张专辑《黑星》发售，没有人会想到他将离开人世。据说一些歌是他蒙着眼睛在医院里唱的。人们很难接受他去世的事实，这样的离别，就像是终极的行为艺术。

在读过大卫·鲍伊后，不免萌生了对他的敬畏之情，不仅佩服他的创作能力，而且佩服他不断改变自己，跟随时代潮流超越自己的精神。在写这篇文章时，特意播放着他的音乐，恰好在收尾处听到了最喜欢的两首作品——*Valentine's Day* 和 *Heroes*，像他歌里唱的那样——"We can be heroes"（我们会成为英雄），其实，他早已成为时代的英雄……

冉兮 Nancy

FOLLOW ···

又一位大卫先生，他反风格化的视界，是斑斓的神奇世界。

Another Mr. David, David Hockney, his anti-stylistic horizon is a colorful and magical world.

大卫·霍克尼的斑斓视界

继写过卡塞尔文献展第一位女性策展人凯瑟琳·大卫，和具有"变色龙"之称的英国摇滚歌手大卫·鲍伊之后，这一篇就写写善用新媒介作表达的英国艺术家大卫·霍克尼吧。这篇文章之所以拖了很久，是因为前段时间发生了一些令我特别烦恼的事情。

此前曾读过《布隆姆伯格新闻》资深艺术评论家马丁·盖福特的著作——《戴维·霍克尼——艺术漫谈》，之后这本书一直放在学校的书桌上，像是一件心事，时不时会拿起来翻两页。这本书因为独具"层次"而深受霍克尼本人的喜爱。书中说，霍克尼三十五六岁时便功成名就，在那之后，他便成了没有任何固定风格的艺术家。为探索立体主义，他探索了各种个性化的方式。与此同时，他将非自然主义风格融入歌剧设计，这跟他早期的艺术历程紧密相关。

循着文化的脚印慢慢长高

　　大卫·霍克尼年轻时曾态度鲜明地反对兵役制度，不过还是在一间医院做过一段时间勤务。22 岁时，他进入了伦敦皇家艺术学院。我去过这座位于肯辛顿街的学院，一个不大的院落，主楼入口有透纳的雕像；二楼正在准备一场展览，是关于安塞姆·基弗的。他和霍克尼一样大名鼎鼎。这所尊崇透纳的学院能诞生霍克尼这样的艺术家，还真是让人有些意外。霍克尼正是在这里与擅长描绘瓶瓶罐罐的波普艺术家——帕特里克·考尔菲

雨中的伦敦皇家艺术学院

伦敦皇家艺术学院里的透纳像

尔德成了同学。

24 岁时霍克尼前往美国，打开了另外一个"视界"。他用丙烯作画，拍摄宝丽来相片，在伦敦与纽约之间来回穿梭，举办个人展览。他还做过舞台剧场景设计和服装设计，比如戏剧《尤布王》、芭蕾剧《小熊星座》、歌剧《魔笛》。41 岁那年，他选择在洛杉矶长居，此后便开始集中使用日新月异的科技产品作画，比如复印机、iPhone、iPad……这种创作方式的起初是因为他听力不太好，收发传真远毕竟比听电话来得清晰，他因此受到启示；后来他发现用大拇指在 iPhone 上作画能够使人变得更大胆，便花三个月学会了拼贴法。从作品看，一幅幅以《无题》为名的小画用色丰富大胆、搭配和谐。《保罗·霍克尼》则是一幅令我印象很深的作品，不仅因为我喜欢浅蓝色，而且透过人物想象到了霍克尼用拇指勾勒发丝等线条的样子。

我对霍克尼拒绝风格化创作的选择很是好奇，因为风格常常可以变成一些艺术家的标签，就像我们

敦皇家艺术学院的珍藏——米开朗琪罗浮雕

一眼就可以分辨出凡·高和高更的作品，但霍克尼似乎不喜欢这样，他与时俱进，会不断摆弄各种新鲜器材。

　　他对器材的偏爱，也使得他认为一些新的发明可以改变绘画形式。比如他的《隐秘的知识》一书，就充满了对光学器材的好奇。他发现 15 世纪时光学器材的出现曾影响过许多艺术家，比如维米尔时常借助暗箱作画，卡拉瓦乔和委拉斯凯兹最注重明暗对比。他们画作的精细程度激起了霍克尼探索的欲望，于是他也开始尝试使用显像实验器。虽然用起来并没有想象得那么简单，但经过一次又一次地调试，他也熟练应用了起来。

　　他觉得器材完全能够影响观看与呈现，而"看"，对艺术家而言是一个特别重要的字眼。艺术家对视觉世界的兴趣远远超过普通人，比如，毕加索就曾看出摄影师卢西恩·克莱格的弊病。霍克尼认为绘画可以让我们看到本来看不到的东西，他会注意到教室外别人漠视的仙人掌，也会给散步路上的山楂树来张速写……霍克尼常常因此而兴趣盎然，他把观察视为一件值得享受的事情，无论用什么方式作画，他总是可以借此看到"越来越多的东西"。他越来越聋的耳朵，也会使空间变得更清楚，这些都是我们难以想象的。

　　相比其他使用厚涂法作画的画家，霍克尼的布理德灵顿画室大而干净，在地上找不到任何一块颜料污迹，笔刷被整齐地放置在颜料桶里，墙上是几幅自然风景大画，描绘的是家附近

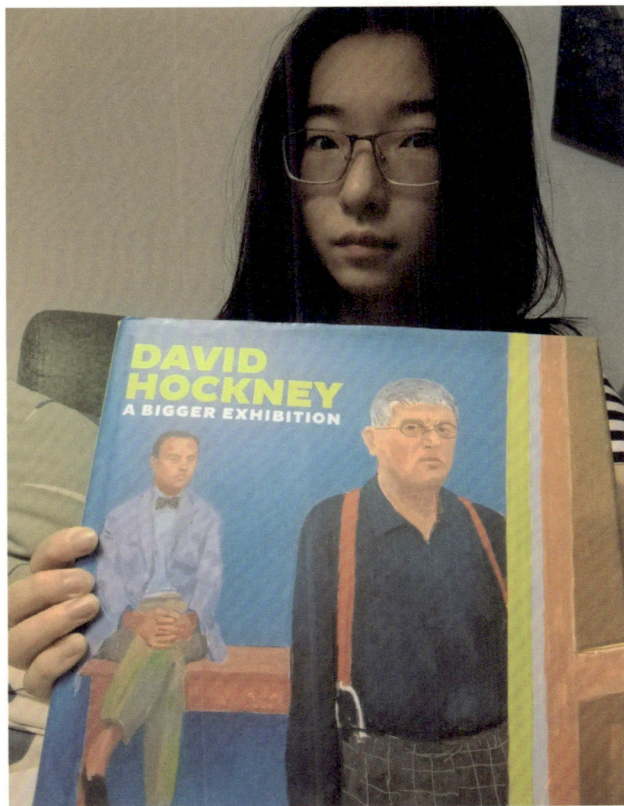

英文版的大卫·霍克尼画册

的道路和树。这也是他喜欢创作的主题之一。

　　清透的空间对霍克尼的艺术创作至关重要，它们就像是一种辽远的场景。他曾说："戏剧设计是要营造各种各样的透视，但是在戏剧里，透视不能是极端真实的，因为透视的营造必须创造视错觉。"文艺复兴时布鲁内列斯基做的佛罗伦萨大教堂就好似具有强大的视觉错觉。《浪子的历程》则是霍克尼多次提到的作品，他为此投入了不少心血，比如对空间和光线效果的思考以及对图像的利用。通过戏剧设计，自然的概念在霍克尼的内心逐渐清晰。即使是在做电影和摄影时，他也把视点的选择看得格外重要，因为透视是随着眼睛变化而变化的。他将这些变化利用激光打印机、复印机表现了出来，由于镜头很近，避免了空间尘埃而造成的颗粒感。他愿意从观众的角度出发想问题，希望观众可以在脑海里构造属于自己的空间，无论是舞台剧还是摄影。

　　由于勤于使用新媒介，做霍克尼的朋友应该是一件特别幸福的事情吧。每天早上，几位好友都会收到他用 iPhone 创作的几幅小画，从初升的太阳到绿油油的树木，都令人心旷神怡。"由于大部分的绘画是在科技产品上完成的，便没了那种拍卖带来的金钱厚重感"，这是让霍克尼更轻松的感受。其实，已经很成功的他，足以不在意金钱，可以自由自在地选择简朴与自然的生活。

　　"我见过最好的生活方式是莫奈的生活方式，一座朴实的宅子，但厨房极好，有两个厨师，园艺师，很棒的画室。"这就是霍克尼的追求，言语之间能让人感受到他是一个很快乐的人。他积极追求朴素、欣赏自然，也就没有太多阴郁的情绪和厌世的态度。他的"乐观主义"像他的画一样明亮。

　　而今，85 岁的大卫·霍克尼搬到了法国，住在诺曼底的一个小农庄里，那里有足够的苹果树和小路，有鲜艳的颜色，还有远离尘嚣的快乐。他不断地追求着自己内心渴望的风景，探索着属于他的斑斓"视界"。

志愿者笔记

冉兮 Nancy

FOLLOW •••

多年以后，马家客再次看到他站在青岛网红墙前的这张照片，会不会想起他的那次初回故乡的经历。

I am wondering if he, British Chinese Ma Jiake, would remember the first visit to his hometown many years later, while watching once more the photo he stood in front of the instagrammable wall in Qingdao.

和英伦少年马家客游故乡

两年前的夏天，爸爸说马建伯伯的儿子马家客要来青岛。

马建伯伯是一位青岛作家，长年住在伦敦。我在剑桥伊迪丝皇后小学读小学的时候，去伦敦旅行，是马建伯伯带着到中国城八角亭旁的中餐厅吃饭。他就坐在我的对面，灰白色头发，炯炯有神的眼睛，略显沧桑的面庞，微微上扬的嘴角透出亲切感。他讲起自己的漂泊经历时没有任何的避讳或不自然；还很认真地问我学校的情况，听到我的回答，他不时点点头，几句简单的"yes"或"嗯嗯"，让我很好奇他是否常说英语。

吃过饭，马建伯伯带我们去特拉法加广场旁的英国国家画廊参观。在那里，我见到了凡·高的名作《向日葵》。它被一条短短的红线简单地隔在了后面，远不像卢浮宫里的《蒙娜丽莎》那样"严阵以待"。展厅里一队前来画画的小学生，正在听老

165

2014 年，和马建伯伯在英国国家画廊参观

马建伯伯一家曾住在青岛东平路 46 号，马家客在老房子前留影

师讲解。马建伯伯说，他很小的时候就在青岛的西镇画画，他提起的雕塑家徐立忠爷爷我也见过许多次。他说，了解绘画不能操之过急，海量学习往往没有认真吃透一幅作品效果好。在英国，老师整个周可能只教如何理解一幅作品。马建伯伯很认真地讲着向日葵的用色和笔触等，用手在空气中比画着，我似懂非懂。

见到马家客的时候，我又想起马建伯伯，他们长得可真像，只是马家客的眼睛是棕褐色的。他穿着一件史努比的黑色 T 恤，史努比是美国人作品里的形象，但原型可是英国的比格犬。

一上车，就知道了马家客的英文名字为 Jack，全名中还夹了一个"Dao"（道）。他说，起名的时候他的爸爸想给他的名字里留一点儿中国文化色彩，还想过马云、马克……他有一点羞涩，在我们用英文交流了一阵后，他说："我可以说中文的。"于是气氛就轻松了起来。

马家客的这趟中国行，最先去的是少林寺，因为他很想学功夫，而且他的爸爸妈妈鼓励他了解中国文化。我想，他的英国妈妈可能还不太了解少林寺。马家客一进去就被没收了手机，不允许跟家人联络，然后是艰苦的训练。他有一次偷用了手机，受到了惩罚。"他们打我。"他慢悠悠地说。经过了这场磨炼，他说自己的胆量大了许多。他还说，在此之前，他曾在大英博物馆住过一夜，这次独行也就没有很害怕。

2018 年，在小鱼山和马家客俯瞰青岛老城

老里院中的马家客

　　我们去了马建伯伯说的西镇，那里曾是马建伯伯生活过的地方。几座老里院建筑孤零零地隐藏在高楼大厦间。路过一个院子的外墙，爸爸说是台西文化馆的旧址，马建伯伯曾在这里学画画。马家客露出略吃惊的表情。他在几座里院中穿行，摸着走廊的红栏杆若有所思。

　　我们在一间医院的石碑前驻足，这里原来是城市早期的总督府屠宰场的检疫所。对于建筑的样式和山墙上的仿木构架，马家客很熟悉，因为这座建于 1903 年的德式老建筑，充满了欧洲风情。

　　在黄海饭店，我们品尝了地道的鲁菜，吃了老面包，听爸爸介绍了勾芡。能看出马家客在描述吃食物的感受时，中文就不太够用了。他说马建伯伯在家里经常做中国饭，过节时也会

168

马家客在父亲马建的照片和著作前

包粽子……当爸爸询问他吃完饭想到哪里去玩时，马家客很自然地说："你决定。"我们都笑了。

在各个景点处，"逼迫式"地给他拍了很多照片，我们并不知道他不喜欢拍照，只是发现每次看到他拍照的时候总是很不自然地微笑。在八大关小礼堂前面，他说，自己的确不喜欢拍照，不知道中国男生是不是也这样。

在青岛文学馆，马家客看到了马建伯伯的照片和书。他在照片前站了很久，说："没想到能见到这些书，爸爸是个不被很多人了解的作家。"

临近傍晚，我和爸爸送他回家，看到了路边明亮的火光。看见一位老伯伯在烧纸，他很好奇，就说出了疑惑，并且认为这样在社区里会有危险。我们反复解释，他终于明白了这个传统习俗，很认真地点了点头，但还是再次确认路边烧"火"是否会被允许。

我们目送他沿着昏黄的路灯回到奶奶的旧居，可惜他的奶奶已经不在人世。希望对他来说，这是一次美好的"故乡"之旅。

冉兮 Nancy

FOLLOW ···

戴着"麦"，站在青岛的街头和少年良友分享城市的历史故事，是一次美好的志愿者经历。

Wearing the microphone, standing on the streets of Qingdao, I, as a volunteer speaker, was so excited to share the history of our own city with younger pupils.

做讲解员，与"少年良友"巡游城市

2021 年 10 月 24 日，我在
巡游城市活动中做导游
Guiding the pupils at
City Historical Tour, 24
October, 2021

每当有外地的朋友来时，爸爸总会带着他们在老青岛转转，从良友书坊所在的帝国邮局旧址出发，去青岛路看总督官署和帝国法院，再去沂水路看英美领事馆以及海军军营大楼，沿德县路去天主教堂、中山路和大鲍岛，然后，再顺着海岸线去老山东大学、小鱼山、康有为故居和宋春舫故居，以及八大关和太平角……

爸爸通常会在德县路路口讲华人区和欧人区的分界，会在天津路路口讲望火楼的作用，会在浙江路讲从前的城市最高点是教堂的塔尖，寓意是城市对信仰的眺望，而现在的最高点是服务于商务的写字楼……

我们在萧军萧红旧居对面的新龙源酒店的塔楼上吃过好多次饭，爸爸会在那里讲振业火柴与民族工业，还会讲丛兆桓爷爷以及他的爷爷丛良弼。

爸爸的导游路线，我已很熟悉。他偶尔会让我

171

也客串讲一段儿，但这一次我是作为志愿者独立参加了"少年良友"的"城市巡游"活动。

这个活动一共有四次，第二次活动时我加入，杨倩老师用鼓励的口吻介绍我是助教。

对少年良友们来参加活动的初衷，我很好奇，毕竟许多人或多或少有补习的负担。读四年级的一诺告诉我，她想更多地了解自己的城市，这让我有些惊讶，想必她是希望找到热爱青岛的钥匙吧。几位家长一路上跟随陪伴，大家一起步行着了解这个熟悉又陌生的老城。

我们先去的是青岛中山公园和百花苑，10 月份的中山公园

跟一诺同学交流

空荡荡的，和五六年前见过的熙熙攘攘的情形不大一样，但对门前的小喷泉还是记忆犹新。杨倩老师通知我在"儿童戏水"前集合。根据巡游的计划，我意识到那个小喷泉也是公共雕塑。"保安也不清楚园中到底有多少雕塑，包括门口这个喷泉，他们都不以为这也是雕塑。"杨倩老师笑着说。

进入中山公园时，想起幼时在这里吃棉花糖的时光，那时，大大的蓬松的糖衬得我的脸小小的。

穿过公园，到百花苑，那里面只有几对新人在拍婚纱照，保安站在门口好奇地看着我们漫长的队伍，的确是稀客。

走到名人雕像区的洪深像前，就轮到我介绍了，多少有一

介绍洪深雕像

点儿紧张，大家的眼睛齐刷刷地看着我，很新奇的样子，这种眼神让我变得自信起来，但讲得还是很快。讲到雕像作者张德华奶奶之前制作大型雕塑受伤而浑然不知时，小朋友们很惊讶。作为罕见的女性雕塑家，她由心而发的热爱以及吃苦精神让大家肃然起敬，毕竟做雕塑不是件轻松的活儿，每天都要与冰冷的石头与金属打交道。一诺小朋友问，张德华奶奶为什么要"塑造"洪深的这个姿势，我说大概因为洪深先生不仅是老师，还是文化先锋，他前趋的姿势不仅文绉绉的，还是一分力量的体现。

资料里说，洪深先生不仅是戏剧家、教育家，还是中国话剧和电影的开拓者，担任过明星影片公司的编导。他的作品常常与现实结合，跟挪威戏剧家易卜生很像，社会悲剧《玩偶之家》是易卜生表达人道主义思想和进行社会锋芒批判的代表作，洪深则被称为"中国的易卜生"。洪深在青岛居住过一段时间，后来祖产被日本人侵占，成了他的"失地"，之后虽有机会买回祖产，但他觉得那是自家的地方，不应由买卖而告终。这段经历被他写成了电影剧本《劫后桃花》，既表达对日本侵略行为的激愤，又呈现出中国在收回青岛后，物是人非、桃花依旧的无奈。有人问我为何青岛百花苑里名人雕像都是男性形象而没有女性形象，我说可能在那个年代，女性多侧重家庭，没有太多展示的机会吧。

第二次巡游，我介绍了良友书坊所在的建筑，原帝国邮政

介绍良友书坊所在的帝国邮政局旧址

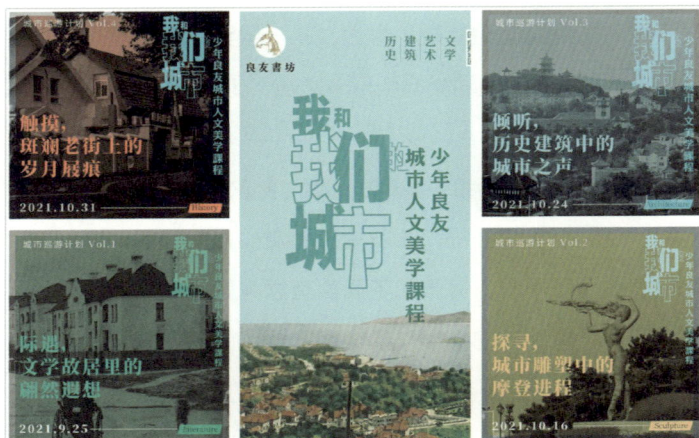

"我和我们的城市"巡游海报

循着文化的脚印慢慢长高

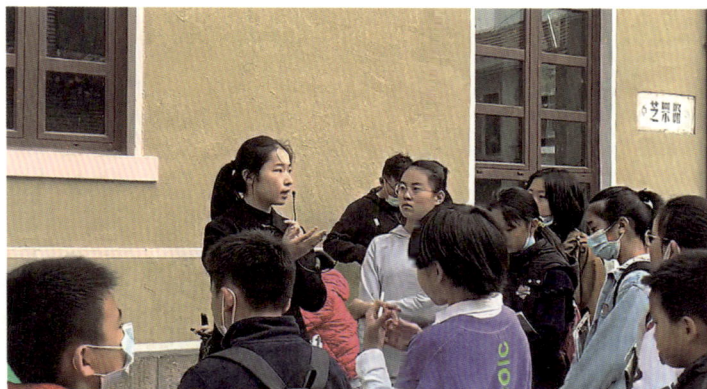

介绍孟家大院

局旧址。这座建筑面向两个街口的转角处各有一座方尖塔楼，与周围两个塔楼交相辉映。楼内二、三层设计为敞廊形式，富有亚热带风情，四层阁楼有弧形老虎窗，走上塔楼 1901 便可以透过玻璃看青岛。

认真的裴丹老师给了我很多启发，她的旧城新城"双城记"介绍计划制订得很仔细，还发给小朋友们提前预习。裴丹老师提供了很多张地图，每张图下面都有思考题。裴老师问我有没有了解过全青岛市的塔楼以及小朋友的接受情况。惭愧的是，我并没有做这份功课。裴老师的样子很亲切，她背着双肩背包，一身运动装，那份从容和温和让我印象深刻，她介绍了"一战"时期的欧人区、华人区，哥特式的天主教堂，以及基督教堂外墙的经典颜色搭配……我们在基督教堂的塔楼上听了下午三点的钟声，清脆而悠远，让人仿佛进入了一个神秘的世界。

十月底的活动是里院考察，青岛里院的旧址我去过许多次，记得爸爸已不止一次给外地客人讲过孟家大院、瑞蚨祥。

裴丹老师在介绍广兴里时，让大家带着想象进入从前街坊邻里的生活，并且用写作业等贴近生活的话题让小朋友们觉得很真实，也让我想起了第一次去里院时的感受。讲述到孟家大院的商业时，仿佛看到了商号里的小伙计在打算盘结账时的样子。一诺每次都站在很靠前的位置，认真地听着，我想她一定也有很多话想表达吧。

"城市巡游"巡的是什么，又游到什么？或许是一份对城市历史的关怀，亦或许是切切实实地了解自己成长的地方，那些过去的故事。

冉兮 Nancy

FOLLOW ⋯

我读高中的第一年，正值青岛市第九中学建校120周年，能为校友书画展做点儿事情，非常开心。

In September 2020, I became a student of Qingdao No.9 High School, which was celebrating its 120th anniversary. I was so delighted to the installation team for the alumni painting and calligraphy exhibition!

九中校友画展，微风中的散记

2020 年 9 月，青岛市第九中学建校 120 周年校友书画展海报
Poster of the alumni art exhibition for the 120th anniversary of Qingdao No.9 High School, September 2020

校友书画展中《老校门》绘画作品
Old School Gate, one of the representative works in the alumni art exhibition

初秋，丝丝微风拂过面庞。

2020 年 9 月 5 日，庆祝青岛九中建校 120 周年校友书画展在青岛市美术馆开幕了。

还记得夏天，八月中旬时，我在赞一美术馆看到了一幅幅没有装裱的画，各位书画家按照届次排序的名单以及他们所送来的画，杂七杂八地堆在一起，只有画布后面用黑色马克笔写着姓名及作品名称，心里还在想，光看名字怎么能分出来谁的画？画的什么？答案，全在 9 月 3 日早晨揭晓了。

2 日晚上跟班主任袁老师请了假，匆匆从九中黄岛校区赶回来，就是为了看看如何布展。沿着大学路那面长长的网红墙走，来到青岛市美术馆，迎面见到的是著名版画家张白波爷爷和九中的韩明镜老师，打过招呼后，又和青岛市美术馆郝麒馆长、薛波主任等伯伯合影（虽有点蹭照的感觉，但想想这是必须的，哈哈哈）。

循着文化的脚印慢慢长高

和张白波爷爷、韩老师、馆长伯伯合影

跟随张白波爷爷，观看布展

随之到来的是胡永刚副秘书长，他几番表示因为高血压不适后，就参与到布展工作中了。各届校友书画家的名字和届次、画的名称、种类、是否捐赠的表格依次排列，在一摞彩色版的目录上跃现。

张白波爷爷与胡秘书长紧紧攥住了画的"走向"，德高望重的，画技出色的，被迅速排好，西画、国画、书法，分区展示。穹顶下周围的墙壁上，瞬间色彩夺目，当你踏着新古典主义风格的典型黑白格子地砖徘徊，那些美与妙就在心间了。

依次迈入各个展厅，作者资历浅的、风格相对稚嫩的作品，按种类依次放在展厅里。想想之前的那句"母凭子贵"，在展览行进中竟然显露了出来，策展人的一句判断，画的位置就变了，可谓"画家凭作品贵"。

画画是要有自己风格的。好的作品，让人一眼就能看出，比如说嘉德保利高价拍卖的方力钧作品，看一眼就知道作品是他的风格，你可能会说："这么简单，我模仿下也能画出来。"那么为何没有先想到呢？可能有人会为此而烦恼，终究是晚了。

画画不能跟风，或者因其他人的评价、质疑就试图改变自己。画画跟写作似乎是通的。王维《鹿柴》里面有一句诗词："空山不见人，但闻人语响。"你要大胆地画出自己的画。同样，你要大胆地写出你的文字，不要因为病句等看似麻烦的事情被捆绑住，要写出你的风格，让人知道这就是你的风格。

在赞一美术馆，邢彭昌叔叔签赠《九生万象》

9月3日，青岛市美术馆的早晨

画画更不要单单为了写实，就不愿意去表达出想象。

在这里，想到了于瑶老师曾经也说过相同的意思——只要你能解释出你画这个的意思，你就成功了。记得这次参展的作品里，有王秀霞老师的一幅《学海中的学子》，看到真正的画面，觉得那些"浮游"的斑点，与她起的名字似有点不符，但这是她的画，她当然有权利命名，并解释她的想法，这应该是画画需要自由的问题。

中午饭，在附近的小皮饭店吃，有很热情的韩老师、张白波爷爷、胡永刚伯伯，还有赞一美术馆的张敏姐姐，一起吃饭的还有两位九中的老师，瞬间有些懵——刚从学校出来，又回到老师身边了。

张白波爷爷讲述了自己花费几年时间制作琵琶的故事，琵琶做好的时候，弹奏的兴致却没有了。

这个故事的寓意好深刻。张白波爷爷说，他后来查了资料，发现当年的音梁和音柱弄错了。韩老师贴心地开解说："没有，是资料错了。"

下午，为了等到一些具体的工作，我假装自然地在展厅里转悠，一副若有所思的样子。韩老师问我写字怎么样，我瞬间看向了正在写作品标签的女老师，想说"写得还好"，又想到人要谦虚，就没说出口。

终于等到老师安排贴标签，捐赠的作品与要去九中黄岛校区展出的，分开贴。看着一张张作品，捐赠了的 39 幅，和要送去展览的 42 幅作品，胡永刚老师说："九九八十一，圆满。"

布展就这么结束了。

开展当天再次走进展厅，看到自己亲手贴的标签，毫无陌生感。2020 届新生 1、2 班排队来观展；几个校友阿姨兴致勃勃地谈论着 9 月 19 日晚会的内容，又兴致勃勃地披上绿色纱巾在画前拍照。回头看见几个海报新闻、半岛新闻的媒体记者也在热烈地记录着，赶紧让了让位置。

了解了这场展览的一系列内容后，发现展览没有我想象中的那么难，希望以后还有展可以让我参与，希望自己下次不要太守规矩，还要再泼辣一点儿。

洗了个手，觉得还有很多要写的想法，竟然都洗掉了。

循着文化的脚印慢慢长高

冉兮 Nancy · FOLLOW · •••

每个人的心目中都有一座香格里拉，那里有圣殿，也有可爱的藏族少年。

♡ ◯ ◁ · ▢

Everyone has a Shangri-La in his own heart, where there are holy temples, lovely Tibetan teenagers and special lifestyle, as well as natural history different from our city.

184

不再遥远的香格里拉

2021 年 7 月 29 日，在支教活动之余参观藏传佛教圣地松赞林寺
At my spare time of being a volunteer teacher, I visited Songzanlin Lamasery, the Tibetan Buddhist shrine, Shangri-la,Yunnan,China, 29 July, 2021

"每个人的心里都有一座香格里拉。"

英国作家詹姆斯·希尔顿曾以一部《失落的地平线》，勾勒了一处位于喜马拉雅山西侧的人间天堂。在我心里，它也一直是个遥远的地方，被一座又一座大山隔开，像桃花源一般，散发着神秘而和谐的韵调。

与之相比，真是更熟悉香格里拉大酒店，青岛也有一家，酒店的舒适、高调的装潢和来来往往的国际旅客，让人疑惑——云南迪庆藏族自治州香格里拉有没有这样一座大酒店？

恰逢香格里拉雨季，有了飞往香格里拉的机会。

抵达迪庆机场时，下起了点点小雨。那只是一座小型机场，和大多由大理石、玻璃幕墙、亮晃晃的 LED 以及琳琅满目的精品店构成的机场不同，迪庆机场最醒目的是壁画，由砖红色、灰色、或金色的色块构成，画面中的男人和女人擎着白色哈达走

过来，此外，只看到两间小商店，在卖牦牛肉干和奶酪。

　　来接我们的是巴丹老师，一位三十多岁的藏族男士，戴墨镜，见到我们便用有些生硬的口音说："扎西德勒。"不由想起杨志军伯伯送我的书，伯伯最喜欢在扉页上写"冉兮小朋友扎西德勒"，或者"吉祥如意"。巴丹说："我是本次活动的领队，大家有什么事可以来找我。我们的活动不是旅行社的活动，是公益活动。"

　　上了大巴车，就闻到了一股浓香。因为恰好坐在巴丹与司机大叔旁边，很快觉察到这股香味出自一个透明盒子。巴丹老师举起那个盒子闻了闻，用藏语和司机说了几句话。巴丹告诉我们，那里面是檀香，佛教徒点燃檀香或香烛向佛祖祈福时，会获得不可思议的能量，以帮助人们实现美好愿望。

　　巴丹说，他告诉司机大叔，我们是来帮助村里的孩子们补习的，从青岛来的。司机很开心，说："青岛，青岛啤酒，我们这里也有酒，是青稞酒，你们可以尝下。"

　　我们跟着笑了笑，真是这样，无论走到哪儿，谈起青岛，便是啤酒。

　　我们住的地方是独客宗花巷古城里的一间酒店，酒店只有三层，在香格里拉，没有多少高楼。雨还在一直下，雨水从屋檐汇成水柱滑落，流经房顶上的镂空雕花以及小木狮子的嘴巴。酒店是开放式的，推开房门，便可见雨水如瀑布般飞落到天井

雨中的酒店

古城街景

的绿植丛中，雨声中依然能听到音乐，闻到檀香的浓香，渐渐忘记了自己是来做教育志愿者了。

从酒店往外张望，香格里拉的房子多是白色、黑色和暗红色的，红棕色的房屋上部由一扇又一扇相连无隙的玻璃竖长方块组成，大概是为了吸纳更多的阳光，房屋下部也没有的大片的玻璃窗。我在屋子里，没有看到长条的灯，只有几个挂在上方的灯泡。据说白、红、黑三色是藏族民居的主要色彩，象征着天、地、人。迪庆藏族人喜欢用红土刷墙，让人一眼望去，就会觉得香格里拉是红色的。

第二天，我们按照行程安排去村里上辅导课。大巴在奔向目的地时经过了纳帕海大草原，草原上有许多牦牛在低头吃草，马的数量并不多，无垠的草原，就像是它们的免费"餐桌"。"餐桌"的上空，是低低的云。云游动着，一会儿遮住太阳，一会儿又躲开太阳。

进了村庄，看到一些木房子，这就是我们上课的地方，是村里一户人家的私房，拿出来做了假期小学校。小朋友们看起来很腼腆，但过了一阵儿，就调皮起来，有的甚至爬到了屋檐上。

我们先辅导英语，学生们的发音和大城市里的同学相差太远，但他们听课非常认真，抬着头紧紧盯着我们的嘴巴，几个学生说最不喜欢英语的听写和语文的古诗背诵；一名读藏族中学的小姑娘说她就不想上英语课："我又不出国，学什么英语。"我们几个小辅导员面面相觑，只好在上完英语课后，改辅导数学。

课间闲聊，没想到大家对抖音、快手都很熟。七林拉姆还说她喜欢看小说，杜几卓玛喜欢悬疑小说、讨厌言情小说，还问我喜欢不喜欢时代少年团里的宋亚轩……一名上初二的女生告诉我，她家外婆十几岁就嫁人了，妈妈现在也只有三十二三岁。我问她的梦想是什么，她摇了摇头，说只想考上大学，因为妈妈说如果念不好书，就什么都不行。我问大家想去哪里，知史拉姆说："村里之前有个姐姐考到海南去了，但是嫌热，就又复读了一年，考到重庆去了；昆明有所民族大学，最好的也就是去那里了吧。""我想去省外的大学，因为那里肯定有很多好玩的景点。""之前我家爸爸开车带我和妹妹去过大理一次，

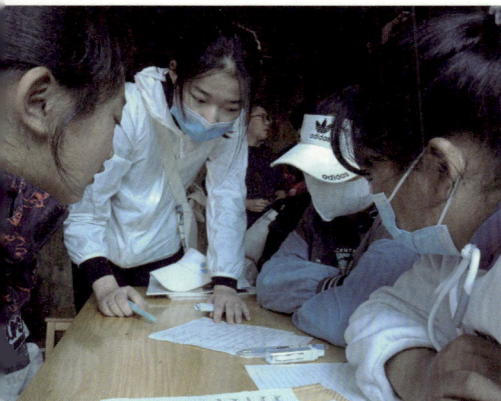

辅导课

藏族学生

那里还蛮好玩。"

这个村子，大概有一百五十户人家，每户人家都有两个孩子，大多数人家都在经营旅馆类的生意，靠农耕和牧业生活的不多；有的人家干脆把地卖掉了。

"村里有户人家，被政府收了地，给了几百万呢。"林争拉姆瞪着眼睛认真地说。我问政府为什么没有收她家的地，她说也不是很清楚。

村子里的老奶奶，几乎都穿着藏服，而年轻女孩都穿着舒适的卫衣，上面有 Nike、Puma 的标志，有几个男孩还背着有 Adidas 字样的书包。女孩们不背书包，多数人拎着一个袋子。"我

189

们只有春节的时候才穿藏服，那个头饰特别沉，下衣也特别紧。我妈妈给我穿的时候会使劲儿地勒我的腰。"林争拉姆说完还用手在腰间比划了一下。"我奶奶总是说我家妈妈不穿藏服，是个藏族人却整天穿现代服饰，我妈不听，她的姐妹有的穿紧身衣紧身裤，那么瘦，她也要买。"林争拉姆说完竟然叹了口气。

我问林争拉姆，在这儿生了病会去哪儿治。她说："有时候会去城里的医院，一小会儿就到了，但我们村，有个很厉害的爷爷，一个奶奶得了癌症，去上海花了很多钱都没治好，这儿的爷爷一看，就给了一次药，立马就治好了。"看我半信半疑的样子，她特地瞪大了眼睛点点头。"还有，我们这儿临终

辽远天地

的人都会吃一种药丸，很神奇的，可以延长他们的寿命。"我依然将信将疑。

午餐时去了知史拉姆的家，她的叔叔就是巴丹领队。拉姆的哥哥在家，拉姆说，她和哥哥有时候会拌嘴吵架。爸爸妈妈总说她不尊重哥哥。我看到她的哥哥在那里跑前跑后，虽然只有十五岁，但似乎已能挑起家中的大梁，给我们倒茶端菜，很勤快。我问知史拉姆，是不是觉得家里有点重男轻女，她毫不避讳会地说"是有点"，但她喜欢哥哥。在知史拉姆家，我们品尝了酥油茶、青稞糌粑，还有琵琶肉，只是觉得那里的绿色蔬菜特别少，土豆特别多，而且高原土豆都是红皮的，芹菜是白色的，肯定是气候湿凉的缘故吧。

当地居民家中的结构、装饰等大多都是一样的，只是殷实的家庭装饰得更精美。有个黑色的锅灶摆放在厅中，但他们似乎不用这个做饭，据说那是当地的特色黑陶。

在做志愿者的同时，我们还要做一些文化考察与体验。有一天，就去了制作黑陶的尼西村。尼西村位于旧时茶马古道的必经之路上，村里的制陶工艺已有两千多年的历史。当地人介绍说，用这种黑陶锅烹饪出的食物有着现代炊具所无法提供的泥土味。我们也试着参与制作并品尝了用黑陶锅做的藏式火锅，可我并没有尝出泥土味，只记得女主人说排骨来自他们家养的正宗藏猪。

　　除了黑陶锅，一些人家还会在家里的墙上挂上一排大小不一的铜锅。这些铜锅四周有精细的雕花，锅中央还摆着一位老爷爷的照片，像是我在松赞干布林寺的庙里看到的佛祖像。铜锅上有雕花，其他地方也很常见。雕刻装饰是藏族民居的必备装饰，龙纹、花卉、藏传八宝等图案会遍布房柱、房梁，还有人家会请人画唐卡。

　　唐卡，也是巴丹领队擅长的。在一场体验活动中，我们学习了绘制唐卡。涂色让我们觉得这很精细，过程中老师一再强调这些唐卡的颜料很珍贵，是用牛皮胶混合的，散发出怪怪的味道，说这可以让画存放的时间更久。唐卡所包含的寓意有很多，有的是祈福家庭和睦的，也有祝福身体健康的，还有求好运的……

　　我选了祝福平安健康的那一张。画师把唐卡绘画需要的所有颜料分为九类：土、石、水、火、木、草、花、骨和宝石，教我们绘制的画师会在我们用完一种颜色后，再一次次地给我们拿其他颜色。我问一位画师什么样的人才能画唐卡，他可能并没有理解我的意思，指了指屋子里的中幅唐卡说，这是一种宗教画，需要学。唐卡的绘制程序

我画的唐卡

很复杂，有绘前仪式、制作画布、构图起稿、着色染色、勾线定型、铺金描银、开眼、缝裱开光等一整套工艺程序。制作一幅唐卡用时很长，我们的活动不过是给画好的图案填填色，但这也要认真、静心。或许因为心不静，我总是画歪，勾的线也歪歪扭扭。我问一位画师，他画画时手抖不抖，他说要是长时间不画也会抖。

这次香格里拉之行只有短短的一周时间，相比辅导与体验课，相比古城和乡村，最让人折服的还是这里的美景。白云给人以旷达之感，足以让人忘掉所有杂乱无章的事情，洗涤自己的心灵。人世间有多少事情，在这里呼吸一下空气，都会豁然开朗。

从此，香格里拉离我不再遥远。

民俗与民生

冉兮 Nancy

FOLLOW ···

春节，是中国的传统新年，追寻传统文化的脚步，也是寻找文明的消息。

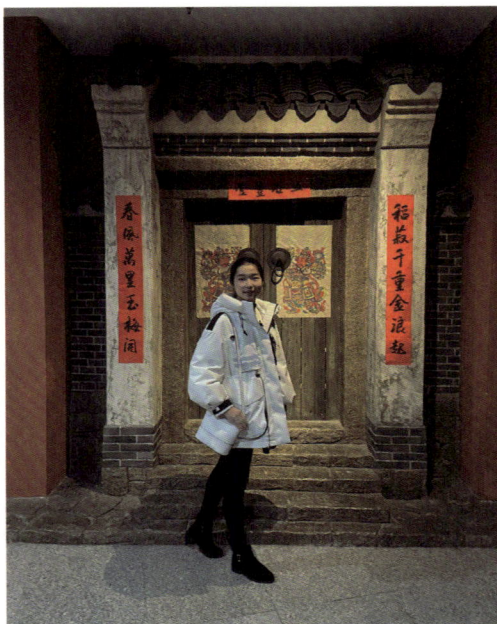

During the Spring Festival, the traditional Chinese New Year, I was fond of tracing the footstep of traditional culture, which also conveyed the news of civilization.

196

春节，体验文化传承的步履

2022 年春节，在青岛市
博物馆体验传统文化
Learning how to restore
Chinese ceramics in
Qingdao Museum during
the Spring Festival 2022

文化传承对我来说是个不算轻松的短语，听起来很庞大，好似需要成倍的知识将它支撑起来。其实它也可以很小、很具体，小到可以触手可及，小到用手的温度可以感知。这个寒假，有了一些触摸它的机会，而博物馆和美术馆正是离它最近的地方。

器的传承

博物馆陶瓷修复体验，是让我心仪的一次活动。此前，每当走进博物馆，常会看一些残缺的雕塑和老器皿，它们载着岁月洗礼的痕迹立在那里，久经风霜的样子。透过高大玻璃橱窗，一片片白色"裸露"着，与那些古香古色并不和谐。

参加活动前，我并不知道这些白色的填充物就是石膏。甚至疑惑，它们为何不被刷成同一种颜色以显完整，而是"放任"白色、米白色来展示它们

197

的不协调。

这次修复体验活动给我解了惑。辅导老师告诉我们，用石膏进行文物修复是一种最常见的方法，它既可以完整呈现文物的器形和美感，又对文物的材质不会造成伤害，它定型快、渗透性好，表面还容易处理。为了让我们有所感受，每个参与者都领到了一只瓷碗。那上面的残缺之处，可是故意敲出来的哦。戴上白色的手套，小心翼翼地将石膏调成糊状，修复就开始了，在补上残缺之处之后，等着它凝固，然后用细砂纸轻轻打磨平整。看着自己补好的瓷碗饱满完整的样子，那些渗透开的白色石膏线，也变得完美起来。

辅导老师说，石膏的白色就像是留白，可以让观者想象到

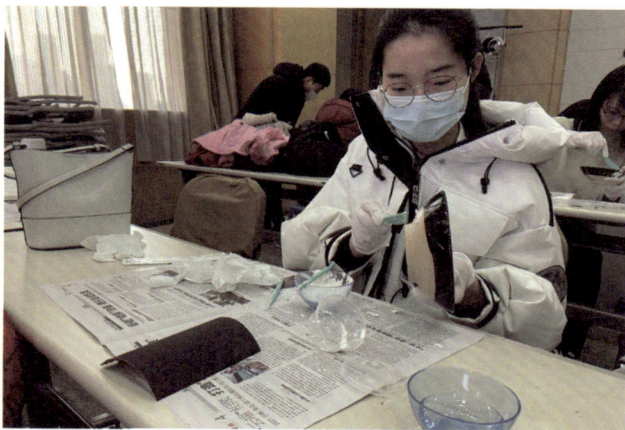

青岛市博物馆陶瓷修复体验

器皿原有的神韵。博物馆的专业修复，也有着色和不着色之分，但多数时候是不着色的。用石膏进行修复最简易，像石质文物、青铜器在材料上和工艺上都要复杂很多，不仅考验修复者的细心与耐心，还要研究材料对文物的影响，这些学问同样博大精深。对陶瓷而言，伴随科技的发展，上釉和烘干技术也已渐渐成熟，这些都可以让修好的文物光彩夺目。

年的传承

既然来博物馆参加活动，当然要逛逛展厅。《乡间画记——馆藏山东民间木版年画艺术陈列展》里年味满满。站在展厅门口的仿制大门前留影，不禁想起春节在姥姥家门口贴对联和过门签时的情形。

仿制的木制大门上贴了门神年画，爸爸说这两个人物来自《隋唐演义》，扬鞭的叫尉迟恭，执锏的叫秦琼。门边的对联，上联是"稻菽千重金浪起"，下联是"春风万里玉梅开"，一片五谷丰登、大地生香的美好。

展厅里有杨家埠、杨柳青、宗家庄的木版年画，还有高密的扑灰年画。杨家埠年画经典《男十忙》《女十忙》，可见旧时代男女分工的不同。"八仙过海"也陈列其中，吹箫的吕洞宾和唯一的女仙何仙姑，潇洒俊逸。

隔壁"虎虎生威"的民俗展更是虎气十足。来自胶东民间的各种以虎为主题的展品摆满了展厅，最有趣的是各个年代的虎头帽，用料和做工多有不同，从这顶小小的帽子上，可以看出家境。虎头帽排列到当代，看起有点像"某宝产品"。工艺品量产了，就没有手工的味道和情感了。几只小虎鞋足够可爱，小老虎的鼻子都缝得有棱有角。要知道，小时候我也是有虎头鞋的，它们还一直摆放在书架上呢。而那些老虎题材或带虎字的字画，"陪伴"工艺品左右。纸上的老虎，以上山的居多，爸爸说下山虎多是饿虎，很少入画的。

与博物馆里的年味相比，老城里院美术馆任锡海爷爷的"年味儿"老照片展则是另外一番景象。我看到了四十年前的麦岛村，那时青岛大学一带还是一片连绵的小山包。蜿蜒而下的村庄土路上，有一支踩着高跷的队伍，在人群的簇拥下欢腾而来。村民们有的挤在路口，有的爬上了墙头。而那高跷队伍中的扮相，有孙悟空、猪八戒，还有浓妆艳抹的仙女和拿着长烟袋的媒婆……

老照片里还有长长的鞭炮满地红，有琳琅满目的春节大集，卖年画的、卖对联的、卖被面的，还有卖电视机的，看着人们朴实的笑脸，仿佛可以听到笑声。

这些埋藏在照片里的时间印迹，在我出生时早就已经消失了。看看如今麦岛村的高楼大厦，会知道有些风俗会随着时间悄悄溜走，无法传承。

和爸爸参观任锡海爷爷的"年味儿"

"年味儿"展前

诗书的传承

去老城，当然得去青岛市美术馆转转。这一天的美术馆里兰花竞放，一只只精致的盆栽舒展着俊美的叶子，花朵虽小，但看起来十分高贵的样子，与展厅里的书画完美呼应。

王家栋爷爷和他父亲王君华先生的"诗梦绕藤花"展，环绕着兰花。一室的芬芳，也是两代的优雅。出自书香门第的王家栋爷爷，自幼随谢静之、张叔愚先生学习书法篆刻，跟随刘公孚先生学习诗词歌赋、瑶琴丝弦，根底真是太深厚了。上二楼看看，他们的家底更加深厚，有很多名家赠送的字画。李苦禅先生画的鹰，给人的印象最深刻。那只鹰身体上的笔墨浓淡适宜，墨色有层次，可以看出画家高超的技艺和笔墨修养。

张伯驹先生写的书法最有意思，据说这叫鸟羽体，看上去果然有种要飞翔的感觉。他写的书法对轴，一轴写的是"心明性哲身方保"，另一轴写的是"民重君轻国必华"。爸爸揭秘，这里面既藏了两个人名，又暗含了一种做人治国的道理。两个人名正是王家栋爷爷的母亲和父亲的名字——邵明哲和王君华；而做人和治国的道理，则是说做人要学会明哲保身，治国要倡导民重君轻。

尽管只是轻轻盈盈的两行字，但这里面的趣味与思想是沉

美术馆赏兰　　"诗梦绕藤花"展前

甸甸的。诗书的气度和家风，确实就像枝枝蔓蔓的藤花，因为悠长而绚烂。

　　不停的步履和如此多的回味，也让年的气息在我身旁萦绕，仿佛看到，我们的文化传承永不止息地沁入陶瓷器皿、书画艺术和家庭生活……

冉兮 Nancy　　FOLLOW　⋯

在高密扑灰年画老艺人吕延祥的工作室里，我"拍"下了自己的第一件年画收藏。

♡ ◯ ◁　　　▢

Lǚ Yanxiang is an old artist specialized in Gaomi "Puhui" New-Year Pictures which is a particular painting form using flapping gray skill. In his studio, located in Jiangzhuang Town, Gaomi City, I made up my mind to buy the first Lunar New Year picture collection.

探访杨家埠和高密年画的足迹

春节假期，在青岛市博物馆看过杨家埠、高密扑灰年画之后，便很想去潍坊看看，寻一下源头。杨家埠已经成了民俗大观园，应该是个景区了，所以觉得还是去寻一间博物馆看看更稳妥。

很容易就查到中恒杨家埠木版年画传承发展中心的介绍了，这个中心也是一间博物馆，他们自 2013 年起，用了三年时间拓印完成了一部《杨家埠木版年画历代古版孤本全集》。

中恒是个酒店集团，在酒店的一楼大堂开辟有一片展区，而博物馆在原潍坊市第一招待所的院子里。赵立萍馆长听说我们预约参观，就专程来做讲解。

博物馆在二楼上，门口有张地图很吸引人，挺像是流行的手绘地图，仔细一看，原来是源于康熙年间的《天下十八省图》，1888 年经杨家埠东大顺画店雕版翻印有了更广的流传，是这间博物馆的镇馆之宝。从版面的接缝可以看出，这张宽 1 米 8、

循着文化的脚印慢慢长高

酒店大堂年画区和博物馆十八省图局部

高1米1的地图是由六块竖版拼合而成的，图上并没有"青岛"，崂山、不其山、琅琊山，即墨、平度、胶州都有标注，胶莱河、小姑河、大姑河蜿蜒而下。爸爸说古时候有河才有城，像古即墨城就在小姑河河畔，后来这条河枯竭了，古即墨城也就荒废了。

　　年画博物馆馆区不算大，但墙上的年画陈列琳琅满目，进门处还有专门的年画拓印体验区。展陈分成不同的版块，有日月门神、美人歌舞、童子抱鲤、山水花鸟、历史传说等很多个主题。还收藏有老一辈手艺人手绘的年画作品，像杨洛书老人的作品。他已经95岁了，是目前杨家埠木版年画的代表性传承人。

　　气质优雅的赵馆长说，她正是通过接触老艺人才爱上了木版年画，还专门订制了刀具，学习刻版技艺，如今也进入了传承人的行列。眼下，童子像最受家庭欢迎，它往往被用来祈愿

翻阅古版年画全集

在年画博物馆赵立萍馆长的指导下学习拓印

吉祥和升学。

馆里收藏有不少梨木老版，其中有一些小块的，是雕版剩下的边角料，有老艺人为了不浪费，就用它们作双面刻印，这些边角料作为单色版套印时使用，有红黄青蓝等多种颜色。老艺人惯用梨木，因为这种木头软硬适中，容易下刀，而且肌理细腻不易崩坏，像桃木、槐木就不行。

馆里另外一份镇馆之宝，正是馆里组织拓印的历代古版孤本全集，搜罗了当时散落民间的各种老版，精选出其中的506套，用古法水色拓印，分为吉祥故事卷、神像卷、山水花卉瑞兽卷、仕女卷、童子卷、建国后年画卷六卷。印象深刻的有《红楼梦》的经典场景黛玉葬花、宝黛读曲等精致刻画；山水花卉卷的刻画也很细致优美；宣纸摸起来极轻柔，翻页的时候不得不小心翼翼。

馆藏陈列中，《男十忙》《女十忙》比在青岛市博物馆见过的印得更为饱满古朴。有一帧刻画天津学堂教习的长卷很吸引我，画中的女性身着鲜艳的钴蓝装，裹着小脚，竟扛着长枪，在接受队列的训练，代表新社会新女性的理念与思想。

转完一圈，赵馆长手把手地教我体验了拓印年画的过程，先烧好热水化开颜料，再蘸足颜料在木板上画八字，几个来回后再收边，让每一块图案都得到浸润，又不外溢。

看着我认真操作的样子，赵馆长的脸上浮现出一份欢喜。

载着轻松与喜悦从博物馆出来，我们驱车直奔高密，去看看扑灰年画。

与杨家埠木版年画的地位与声望相比，高密扑灰年画显得不那么被人熟知。扑灰年画是"扑过灰"的画，也称"过画"。据传，因一个杨柳青艺人到高密开辟作坊后流传。在制作上与杨家埠木版年画有相近的地方，创作初始都是用柳枝木炭条、香灰打轮廓起稿。与杨家埠注重刻制木版作拓印不同，扑灰年画更重手绘，是根据炭灰底稿敷制多次，再手工上色加工绘制。部分画面，为了减少手绘量，才用木版拓印代替，所以就有了"半绘半印"的特征。

而炭灰底稿的镜像敷制，也使扑灰年画有了"对画"这种形式。仕女题材，这类应用尤其多，一张同样的画面，左右对称，相映成趣。为了增加丰富性，艺人们还会进行发挥式地补绘，让两张对图看似相同又有细微的差别。

到高密，访问的不是博物馆而是画室。在高密老艺人吕延祥的沿街铺面里，墙上有不少看起来胖乎乎的男娃女娃，很是喜庆。他的儿孙照片也在作品框上插着。

吕延祥老艺人六十岁上下，戴着眼镜。他说，老家棉花屯村家家户户都学画，他小时候每天从地头回家，放下锄头就拿起画笔，点着煤油灯跟姥爷学画。现在会的都是跟老一辈学的，不过，他也有自己的创新。他指着墙上的几幅作品说："这些背景都是我自己加上的，本来都是空空的。我画上树、河流，更贴合生活场景。"

他的画室，是一个小二层的门头房，一楼作展陈，二楼就是作画的场所。画室里有一块大玻璃板和一盏小灯。他说每次坐在小板凳上，就得画上一天，几乎不起身，若是坐不定，就会影响效果。题材，多是根据买家的要求所画，画一幅作品往往需要两三天。而楼梯旁长长的木盒里装着他画的家谱年画，也叫供画，他的这张曾在家族祠堂中展示过，但担心来回借用损坏，也就不再拿出来了。供画，也叫供养画，是扑灰年画当中最郑重其事的，画工繁复，形象庄严，有的在墨底上还要另敷蛋清，这种做法叫作用"明油"。

在画室里，吕延祥老艺人逐一介绍了自己作画的工具。他

循着文化的脚印慢慢长高

听老艺人吕延祥介绍画具

说柳条灰的烧制，最关键的是把握火候，烧过了拿不起来就没办法用了。有时候嫌麻烦，偶尔也会用炭条替代，但炭条的毛病是会留下笔痕，需要反复覆盖才能看不出痕迹，不像柳条灰，轻轻一扫就没有了。

对自己的绘画，他说，他不是大红大绿的"红货"派，更爱追求一点雅味。对年画来说，画人物，最重要的是开脸，一张画，脸面好了，一切就得心应手了。

如今扑灰年画的宣传和推广挺受重视的，他画室的门口也挂上了传承学习基地的牌子，报纸和杂志也对他有一些报道。在已成为高密旅游景点的莫言故居旁，还有铺面展售他的画。游客们一般愿意买喜庆的作品，吉庆图、美人图、麒麟送子图和其乐融融母子图是大家最喜欢的。但重视归重视，扑灰年画的传承局限还是很明显，现在他的儿女都不愿再画年画。女儿开了小商店，儿子在外面干活，他们觉得画年画过于枯燥无味。扑灰年画面临着逐渐消失的窘境。

临出门前，我特意收藏了一幅吕延祥老艺人的人物年画，并请他盖章留念，作为自己的第一件民间美术作品收藏，这也使得此次旅程添了几分不一样的色彩。

冉兮 Nancy

FOLLOW ···

里院里的生活，是平民的生活；在春节来临之际，去问问他们新年的愿望。

Life in the Liyuan courtyard is of the common people. As the Spring Festival was around the corner, I visited there and had a chitchat with the residences and vendors, especially about their New Year wishes.

老里院里的新年心愿

随着城市的发展、高楼大厦的崛起，所剩无几的里院早已深藏在青岛的记忆里。年前，我和爸爸来到里院片区，想看看过年前的里院的居民和摊位有什么准备工作。

对里院的认知是在几年前有的，每次去里院，都有不一样的感受，前几次几乎没遇到什么人，破破烂烂的房子里面，居民早已迁走，只剩下星星点点的生活痕迹，本以为所剩的里院都已不被居住使用，而这次，我竟然到了一个依然有一些生活气息的地方。

几条小路的交叉口是买卖的主要聚集地，有卖水果的，卖坚果的，还有卖海鲜和生肉的。来来往往的行人大多是长者，上了年纪的爷爷奶奶穿着大衣，拿着小买菜包，一个摊一个摊地走，有的也不是要买，可能就是看看，问问多少钱一斤，或是抄上一把瓜子站在街边与摊主聊天。道路两侧的两层

213

楼现在只有一楼在用；而
走进小道里面，晒在外面
的被褥表明还有零星的几
户人家，更多只能看见摆
在门口没有吃完的猫粮和
堆满垃圾的垃圾桶。

杂粮店

　　第一次独自做采访调
查，可能也不能算是采访，
就是聊聊天，还是很忐忑
的。毕竟，平时与人交流
的机会很有限，如何打开
一个陌生人的话匣子是很需要功夫的。当然，没有准备充分也
会增加自己的不安，好在，第一位被采访者打消了我的顾虑。

　　他是卖奶的商家，五十几岁的样子。一进门的时候，他还
很正式地站了起来，我也跟着正式了起来，被尊重的感受还是
很好的，紧张的情绪都没了。简单寒暄几句，便知道他在这间
小店干了十多年了，从一瓶奶几块钱涨到十几块钱，一直在这
里工作。他住在不远的无棣路上，两站路远，都是走着上班。
平时进货来的奶，大多被里院的居民买走，只是居民越来越少。
现在来的也多是用微信提前招呼一声，然后过来拿了就走；支
付也是一样，干净的柜台上摆着两个二维码，扫个码，就完事了。

奶站采访

　　要过年了，我问他对于现在工作有什么想法，他说现在的宣传还是不够好，有一些居民仍不知道这里有卖奶的地方，但是，他对自己的工作还是很满意。

　　沿着黄岛路往下走去，有几个卖菜的、卖海鲜的摊位挨得很近，摊主都是上了年纪的阿姨，有的和老伴一起。我问一位卖菜的阿姨新年有什么心愿，阿姨的心愿很明确：希望政府给建一个综合性的大市场。从聊天里得知，她是外地人，孩子们都大了，没什么负担，"靠心情"卖菜，并说现在来买菜的也没什么人，只是几个老顾客，租的地方一万多一年，何时出摊

循着文化的脚印慢慢长高

儿随着自己，想什么时候出摊就什么时候出。

　　摊主与摊主之间，看起来也都是熟人。一位卖菜的阿姨系着围裙，手里攥着十块钱就去了下面的摊位，说她的儿子觉得这个蚕蛹不错，摊主随后称好。两个人聊聊炸着吃怎么好吃，都是很生活化的细节。

　　卖肉的阿姨就没那么轻松了，毕竟她是带着"任务"在摆摊。阿姨把头发盘得高高的，耳朵上戴了一对金耳环，一上来就笑着说："你问就行了，但是有来买肉的，我得卖肉。"在问到她今年如何过年时，她说："家里有个婆婆，八十多岁了，卖

肉铺门前

216

完了回即墨跟婆婆过年。"她自豪地说，自己已经卖了二十六年的肉了，现在儿子还没有结婚，打算再干几年。今年过年的生意的确很一般，比起前几年，已经少得太多，她决定初八初九后再来上班。

是啊，从前的里院聚集着居住与买卖的人，各种生活需求皆可满足。随着人们的迁出，生意自然就淡了。

连续采访了十余家商户后，遇见了一位推着电瓶车的伯伯。他正从里院的铁门里出来，看上去年纪不很大，五十几岁。那座里院门口的墙上还贴着"征收区域"，我便试着问他是不是这个院的居民，他说在这里住了几十年了，很喜欢这种生活环境，不想离开。问到细微处，他便不想说了，说我问的问题还不够专业，想做社会调查得从历史说起。我默默听着，之后他竟邀我们进到院子里看看。整个院子只有他和他的大黄狗住，据说地下室还住着一家，不怎么能见着人。想想他一个人在这样的环境里住着，还说一辈子也不愿意离开，真是很少见的。换作我，肯定不会这样打发生活。我们转了一圈，碰上一对夫妇，隔着门问他说能不能也进来看看，他们以前在这里住过。这位伯伯严厉地回绝了。这时候，我便想自己真还是幸运，毕竟他让我们进了门。他对着那对夫妇摆手说："走吧走吧昂。"接着，他也和我们一起出了门，骑上电动车向远处驶去。我有些惊讶，他似乎是一个挺"轴"的，轴着对人，轴着生活。爸爸说再采

循着文化的脚印慢慢长高

已经遇不到人的小路

广兴里前采访保安

访一家吧，别打击我的采访感受。其实还好，我问爸爸为什么不问那个看起来很懂的伯伯问题，爸爸说希望我能独立完成整个采访。

从黄岛路岔出来，前面便是广兴里。这里的路面打扫得干干净净，房子也被重新装修了一番，只是，没有了那种生活气息。

这真是一次令我印象深刻的采访，感受到了不一样的生活，了解到了不一样的心愿。

冉兮 Nancy

FOLLOW ···

在托福语言考试的路上，寻一家店，品尝一份地方小吃，有紧张，也有从容。

Be serious, be easy! On the way to the TOEFL test, I enjoyed trying out the local food court, and getting a taste of the beloved bites.

民俗与民生

"托福"路上的潍县小吃

2021 年 12 月 28 日，到潍县名小吃"王家肉火烧"寻味
Tasting the well-known Weifang snack "Mr. Wang's Meat Pie", 28 December, 2021.

"托福"是英语学习的"练兵"。我报的中国海洋大学考点的这一场，恰好因为疫情防控被取消了，只好转战潍坊考点。既去之，则安之。顺便品尝了潍县特色小吃，在解决了饭食问题的同时，也缓解了考试的紧张情绪。

在高速公路昌邑服务区停靠，顺便买了潍县萝卜和土产玉米品尝，潍坊之行也算正式开始了。萝卜细长，不辣，只有爽脆之感，提神醒脑，尤

奔往潍坊托福考点

221

其适合开车的老爸；玉米饱满充实，没有"转基因"的水分，一个下肚，只为午饭留了一点点位置。

到了核酸检测的陆军医院，在附近找到一家看起来很正宗的潍坊小吃店——老文家朝天锅，进门前想着朝天锅听起来像是火锅或者干锅鸡，实则不然。朝天锅竟是单饼卷土豆丝、辣椒，或是猪下水。借着推荐，我们买了两个卷猪拱嘴的，两个"正宗"，两个"猪耳朵"。并不知"正宗"是啥，爸爸说可能是比较传统的口味。

单饼里面加了白芝麻，和猪耳朵混合，很香很厚实。配上老缸咸菜，这种咸菜色泽很深，吃起来很咸，但不是纯盐味，十分解腻。青色辣椒和大葱也放在盘中，配饼。热水壶里有浅黄色的汤，是猪肉味的，像是猪蹄汤，撒上葱花，不腻且滋润，尤其适合冬日，让人舒展开来。"一碗高汤见分晓"，据说是朝天锅的品鉴之道。

朝天锅

爸爸觉得这个老缸咸菜很"带劲"，让他想起老奶奶腌的疙瘩头，就又买了一只，六块钱。打扫卫生的大叔说他家咸菜很好吃，之前有位顾客从高密来，就是为了买他家的咸菜，一连买了好几个。大叔说话有口音我有点听不懂，加上戴着口罩，发音也不很清楚。潍坊话与青岛话还是有点儿差别的。

其实，我不太喜欢吃朝天锅，觉得有点儿腻。爸爸说这种潍县小吃，有点"犒劳"的意味，猪下水类的食品有热量，跑远路赶大集和干重活的人吃上两个，就浑身是力气。想来我若是男生，可能会多吃一个吧。

一位中年阿姨在门口准备肉类材料，她的周围摆了很多猪肉，有点油腻的围裙前有大口锅在煮猪下水，旁边有几个不锈钢网，时刻准备用它们往上捞。一位店员系着围裙，站在门口，手里拿着一个卷好的单饼吃，很香的样子，这是对她的饭店最好的宣传了。周围的顾客看起来熟门熟路，一定都是些老顾客了。

看资料说，朝天锅源于清代中期的民间集市，最早的名字叫杂碎锅子，有首打油诗曾这样写："逢二排七大集间，白浪河畔人如山。寒流雪翻火正红，下水香锅面朝天。"

老文家的店也传承到了第六代，最早一代的经营始于光绪十五年。老店原来在丁家园的北边，新店搬到了清平路，说是也有十年了。

考完试的那天中午，我跑去了潍坊老城的市中心，特意尝

尝大众点评推荐的王记老潍县肉火烧。下午两点要打烊，我们一路快行，赶上了最后的肉火烧。

王记肉火烧

爸爸说，发现没？在潍县连小吃店的家具都是实木的，很沉，说明这里的人还是更认传统审美。进门就见到一位也在吃菠菜馅火烧的阿姨，还有几口就吃完了。很巧的是，两次吃饭，店员们都在吃自家做的小吃，但都没有宣传目的，挺朴素的。

店里有一个和放雪糕一模一样的冰柜，盛着肉馅，一位阿姨用手在里面揉搓，翻卷，肉馅飘着浓花椒水的味道，衬得店里都是一个味，还混合了点伙计洗洁精的味道。

门口是一座四周贴着老式白瓷砖的炭火炉，伙计用火钳子烧着，我看见肉火烧和明黄色的火焰交相辉映，火烧一会儿就有了色泽。所有员工都没戴手套，赤手揉面揉馅。我尝了一个菠菜馅的，一个肉馅的，感觉没什么特别，但一咬破面皮就有好几层，看起来面上有功夫。我立马想到了揉面的中年阿姨，和她微红且粗壮的双手。肉馅有浓花椒水味儿，里面还有木耳和粉条。

炭火炉的对面，是卖豆腐脑和豆浆的。我们也赶上了最后

奔往潍坊托福考点

一碗豆腐脑，有意思的是店内的两部分经营分开结算，大概也是合作共赢吧。

一边吃着，店员就开始收拾卫生，风风火火又十分客气。我们要倒杯热水，也赶快给递来暖瓶。店员说因为早上五点就要开门，一天的营业也就结束了。

从肉火烧店出门，就看到街边有个糕点铺，爸爸立马给我买上了，红豆馅、绿豆馅、栗子馅的各一个，尝了尝，红豆馅的味道不错，微微甜，但不腻，里面有青红丝，很有老式糕点的特点；绿豆馅的更像是酥皮包了绿豆糕，太甜。爸爸还问我来不来支糖葫芦，我说已经够甜了。

这次考试也甜甜的，挺顺利，小吃也不错。

冉兮 Nancy

FOLLOW ···

每个人都有故乡，我的故乡，一半是大海，一半是青山。

Everyone has his hometown. My hometown, half is the blue sea, half is the lush mountains.

那些山乡里的人和事

2019 年 2 月 6 日，寻访大山里的生活足迹和历史印迹
Visiting the hilly small town where my mother spent her childhood, and trying to find out the footprints of life and its history, 6 February, 2019.

城市里有故事，大山里也有故事。教了一辈子书的姥姥，常常从手机里传来声音。而每一次去姥姥家，都有接近山乡的记忆。

陌生的乡村

自从老姥爷去世后，姥姥已经很少回老家，一段时间，她怀念父亲的方式，就是临习老姥爷当年留下的一些水墨画。我们偶尔回去，会替姥姥回乡看看她的弟弟妹妹。那是一个小村庄，村里因为出过翰林而知名，不远处的一个小山头，还出土过许多青铜器，后来又发现了两座墓葬，发掘出铜制礼器、乐器、金器、玉石器等 470 余件，现在已被称作刘家店子遗址。

姨姥姥和舅姥爷，他们没能离开乡村，一辈子都过着紧巴巴的日子。那个村子，被大片农田包围，

循着文化的脚印慢慢长高

2012 年，童年的玉米地

幼时去还钻进玉米地搞过"破坏"，企图掰几个回去煮着吃，可惜那时玉米还没成熟，但早就高我一个头了。路上大姨还下去给我采地瓜秧子，绕在我的耳朵上，听说她小时候就拿这个当耳环玩。

姥姥很疼爱的姨姥姥在地里操劳了一生，为冬冬表舅娶上媳妇不久就去世了。有次去他家，记得那天舅妈拿着锅铲，系着围裙站在平房的门口，笑着对大姨说："他（冬冬）去地里了，打盼（过会儿）回来。"我站在门口的土路上，看着院子里跑来跑去的鸡"咕咕"叫着，和他的一双儿女一起玩。舅妈喊着她的大女儿说："快拿糖去。"之后拿出几颗玉米软糖分享。这样的糖很像过年时留下的"存货"，我立马想到了路过村口时有些昏暗的小卖部，那里有玻璃柜台和五颜六色的糖果。

冬冬表舅全家务农，在姥姥家可以吃到他骑着电动车进城送来的鸡，还有各类蔬菜，姥姥生病时床边也有他的身影。冬冬是他的小名，姥姥家的人都这么叫，但他好像不怎么喜欢这个称呼，因为他早已是有家室的人。不过所有人都没有因此改变，只有姥姥与他通话时才唤他"传金"。

跟姨姥姥的丈夫一样，冬冬表舅也不爱说话。有次他来家送菜之余，坐在沙发上吃了很多块饼干，喝了很多杯茶水，只有姥姥问他家里收成时，他才勉强地点点头，低声地说几句。我几乎没跟他讲过话，在点头问好后，他会冲我笑笑。

不知为何，冬冬表舅总让我想起鲁迅先生的"老年闰土"，那仿佛石像一般的形象——"大约只是觉得苦，却又形容不出，沉默了片时，便拿起烟管来默默地吸烟了。"

姥姥说，曾经在旧泰安府干过法律文书的老姥爷回到农村就是个老书儒，他一辈子也想诗书传家，可惜终究也没有传成。

在姥爷和姥姥的怀抱里。他们分别离开了我。姥爷走时，我还是小小冉。

大山里的荒芜

姥姥中学毕业就考取了师范学校，所以她在多所乡村中小学执过教。因为在蒙阴县岱崮镇住过多年，所以有一次家里人就专门去寻踪忆旧。

那所被大山萦绕的学校，竟然还在，且仍是那里唯一的学校。值班的老师出来跟大姨聊天，说起来姥姥虽然没有教过他，他竟然也认识。当场给姥姥打电话，那一头的姥姥吃惊而开心。妈妈和二姨拉动了校舍前的金属大钟，好像回到了小时候。校舍有过翻新，外面的展示栏上还贴有三好学生的照片。

沿着学校往山里走，就看到一片荒废的建筑。那是竟然是一间工厂，而且是兵工厂。

大姨说，在崮形地貌中，藏着很多山洞车间，里面生产弹头、高射机枪等军用物品。这些二厂的工人，是六七十年代从城市里迁移过来，他们在这里不仅开办了机械厂、修理厂、修配厂，而且建了医院和学校。

来这里办工厂的目的，是想提高国家的军事生产能力，为打仗做准备。工厂的到来一度也带动了当地的发展，铺了柏油路，村民也跟着用上了工业电。而到村镇赶集的工人，也使得集市热闹了起来。工厂里的露天电影和大澡堂，是最受村镇里的人欢迎的，不仅丰富了他们的文化生活，还改变了他们的卫生习惯。

废弃的兵工厂

领工资、看电影、泡大澡，让许多人对工厂生活充满了向往。

打仗的事，最终也没有打。但这些工人就在大山里生活了十几年，直到八九十年代，工厂完全没有作用了，工厂和工人才陆续迁并到一些中小城市的工厂里，这里也就渐渐废弃了。

站在杂草遍地的院子里，我看到了墙上"备战备荒为人民"的红色标语。而山上那些曾经的宿舍，整整齐齐，却空空荡荡。隐隐约约可见的铁架上下床，会立马让人联想到从前的生活。

厂区的一侧还有一座教学楼，中间隔着一条窄窄的河道。河道早已干涸，周围杂草丛生。一块黑板上还写着校训——"奋斗不止，服务社会"。

寻梦的小哥哥

回到家里，姥姥说，那些三线工厂的工人，最大的梦想就是回城，就像农民也想着离开土地，县城里的学生想去大城市生活一样。

二姨家的小哥哥也是这样。他在沂水县城长大，后来到长春的吉林农业大学读书，学习草场养护专业。但他似乎对这个没有兴趣，而是想做一名手艺人。

于是，他在毕业后就跑到了杭州学做木作艺人，还创办了自己的木艺品牌——"此在 dasein"。

杭州天目里摊位前的小哥哥和他的手作

　　品牌名字是他自己想的，源自海德格尔的书。"此在"注重的是存在，是过程，但不是规定好的，也不会重复。我觉得，这与他的人生理念不谋而合，毕竟，理想的人生绝不是庸常的。

　　刚刚结束的杭州 520 市集也有他的身影，听说他已连续几年在天目里的活动中出摊了。他做的椅子、家什，都是先自己画草图，然后手工制作。

　　读大学时，他放假后经常在家里白色的墙上画画，比如卧室的墙上，和灯开关的周围。上次来青岛，我看到他在草纸上画的图，用尺子仔仔细细地量，用橡皮轻轻地改，没想到他真的把爱好融在了工作中。

循着文化的脚印慢慢长高

和小哥哥

平时他也喜欢做咖啡、养猫、阅读。此外，他特别关注、重视女性的权利。

我见过他在朋友圈分享室内空间的物品和家具，设计简单却是独一无二，应该都是年轻人喜欢的样式吧。这次在天目里的摊位上，还可以看到一些盛茶叶的器皿，据说做这些是因他住的地方正是一方茶园……

有时也会不解，一类器皿反反复复做很多件，会不会很烦？我想到了之前看过的纪录片，是关于西班牙陶艺大师梅斯特雷的。片子由广州美术学院的谭红宇老师跟踪拍摄。青岛的盛画廊做梅斯特雷的作品展时，谭老师来做放映交流，爸爸就找来让我看。梅斯特雷就是一位对制作材料很严谨、很仔细的艺术家，他对窑内温度的控制、材料的选择都很严格，略有偏差或是不满意，就会重新开始，身边的助手也必须无条件配合，而他这一做就是几十年，终于赢得了极大的声誉和成就。我想，很多手艺人大概需要的就是这种精神吧。

的确，每个人对生活都有不同的选择和态度，尽管这中间有很多历史与现实的无奈。有时候，在思考自己的未来时，我会想起怀揣理想去南方"闯一闯"的小哥哥，他来自沂水，一座人们眼中的小县城……可能心有多大，路才有多宽阔吧。

代跋　公众号实践与小冉的写作

大漠

　　小冉这本作品集的形成，源于我俩合作的"大漠小冉"公众号写作。

　　和她一起做一个微信公众号，是我在她读高中前酝酿的事情。一方面是想帮她梳理一个学业的方向，对她有所引导；另一方面也是觉得，随着年龄的增长，她已经有了独立思考的能力。在此之前，因为工作和写作的繁忙，我对小冉的学业关注极少，有时候看着她辛苦于功课，心疼与无奈是双重的。心疼是因为她要面对繁重的学习任务，这种经验在我读初中时从未有过。每当望着她背着大书包、提着手袋，快速下车，跑着过人行横道去上早自习时，在路口车上等着信号灯变绿的我，心里总会划过一丝不适。

　　教育方针的中考压力前置，使得太多的初中学生损失了成长的快乐。在小冉读书时，正催教育培训的高潮期。在她的同学当中，排名最后的同学在上补习班，第一名的同学同样在上补习班，和我几乎是在马路上与俱乐部里成长的初中时代大相径庭。

　　面对这样的现实，作为一名家长，最多的感受是无能为力、无可奈何，自己当然也没有勇气让小冉挑战现状、背道而驰。

　　但在指导我主持的文化机构布局"少年良友"的公共教育时，还是提了两条：其一，名称叫"俱乐部"；其二，宗旨只有四个字——"止于培训"。沿寻旧年代的称呼叫"俱乐部"，缘于我少年时代印象最深的一个窗口——水清沟工人俱乐部三楼图书室那个借书还书的小窗，自己常常为递一张借书卡进去后能不能收到想要的书而忐忑。也正是这扇窗口，洇开了我的文学启蒙。而"止于培训"，则是认为，兴趣与热爱才是开启知识大门、捅开文学与艺术地洞的钥匙；培训是反向的，会让兴致寡淡，会让热爱低烧。

　　故而，和小冉合作公众号，准确地说，也是启发兴趣与热爱的一份尝试。它有效的公共反馈会让小冉有明确的价值感，而内容更新的连续写作要求，则无疑可衍化为一股催促力。这确是时代和科技所赋予的新可能。

　　小冉的这份写作，持续的时间并不很长，只有两年的时间；目前辑录的文章也不算多，有三十篇，八万余字。这些文字能够合辑成册，早就可以预见；但能够成为一本正式出版的书，却多少有些意外。

　　个中因由，确实源于写作的偶发和内容结构的成型。书中的大部分题目，伴随着考察实践展开，结构也是逐渐累积而成的。在这个过程中，我要为小冉配发同题文章，但配着配着就发现，自己的兴趣结构远没有她的丰富、有趣。在我的写作中，文学、艺术与历史是大势，而她更自由，她的东拉西扯、左思右忆，勾连了成长间的见闻与过往，较之于我深究历史的习惯，已截然不同。可以说，她渐渐偏离了我为她预设的一些写作题材，慢慢形成了自己的叙事线索和文本结构。

有一天，在整理她的写作时，我以自己多年的出版经验感知到，她的文章再分门别类地添加几篇，就有一本书的可能了。她得知后自然是兴奋无比，在更勤快的推进中，算是圆整了一份惊喜吧。

在整个公众号的写作过程中，为小冉改动文稿的情况一定是有的。只是，伴随她的不断提

申请理由

（请从自己学习哲学等人文学科的经历、思考、体会等方面介绍）

大约从4、5岁开始，因为父母职业、爱好的缘故，我常随他们游走于各类艺术博物馆。从美国纽约的大都会博物馆拾级而下，到英国伦敦罗素广场上的大英博物馆、特拉法尔加广场的英国国家画廊，再坐上欧洲之星高铁穿越英吉利海峡前往卢浮宫、奥赛美术馆……翻开照片，是一个小女孩懵懂地望着墙壁上比自己大几倍的裸体油画画像，那是不解的。那时的我不知什么是艺术，什么是油画。那时的我不知什么是艺术，什么是油画，只记得伦勃朗和德加都是很熟悉的名字。最重要的是，跟着爸妈逛博物馆时间总是很赶，而且艺术馆里还不能吃东西。

很久以后，我才意识到这些经历是不可衡量的财富，它们给我了无形的帮助。看画册对我来说不算难，油画、雕塑甚至装置都不陌生，到一个地方旅游要去博物馆也成了习惯。高中时学习的AP艺术史也不是全新的知识，书本上的作品多多少少都见过，虽然一开始上手时其的很难，但我至少知道，埃及雕塑的胡子代表着智慧，《蒙娜丽莎》其实是一幅很小的画，不大的伦敦皇家美术学院非常尊崇他的毕业生透纳。

我对艺术的理解也在不停地变化，幼时我敬和写实画家，他们能画得那么逼真，甚至对发丝的勾勒都如此清晰，后来我发现一些抽象艺术其实也很有意思，通过简单的造型表达瞬时灵感，给人空间想象艺术家所想表达的思想，更具有创造力。让我有兴趣去探索其背后意想不到的意义，正像家里挂在钢琴、沙发上方的油画，一幅酷似波洛克的《秋天的韵律》，一幅剩有德库宁的笔触意味。

关于哲学，首先想到的是一串问题，这也是我选择《与卡塞尔文献展策展人凯瑟琳·大卫相遇——艺术与自我提问》作为选题提交的一个原因。有时候会疑惑人一生的意义究竟是什么，我们又在捍卫什么，什么是口口声声的"幸福"，生活是为了追求酒足饭饱，还是实现个人理想与自由创造，坐在车上看着城市的老房子、绿树和大海，以及人间百态，难免矫情一下。空闲之余，我也常常想起"人不能同时踏入两条河流"这句话，感觉可以被百般解读，这让我愈发好奇，也愈发想去学习哲学的相关内容来填补自己的空白，更清楚一点地说，就是想理解与领悟更深沉的艺术与哲学世界。

小冉
文章尽可能有丰富的信息?

良友大课: 对了,爸爸说的几个点,你要记住

再妈
又快又好

再妈
对 没有闲笔

再妈
这个办法好 一目了然

1增加对数家珍的感觉;2准确到如临现场,比如欧洲之显高快;3举例要有收有放,从胡子到小画,再到一个学院空间;4注意显现,艺术是生活的一部分,拉近家里挂的画;5避免显露知识印刻板,比如苏菲的世界是极初级的读物,说不如不说。

小冉
get!

还有一条,最重要,是露价值观——自由创造!

特别重要!

小冉
如何理解自由创造?

艺术就是为了打破禁忌和束缚,追求无限的自由

视觉的极致、表达的极致、想象的极致,都是艺术的理想

是人超越现实世界的一种方式,表达追求超越的一种方式

此外几个小细节,加了装置,说明你对当代艺术有认识;加了老房子、绿树和大海,说明你的环境;

文字的表达,弹性和含量,是最重要的。你已经有了信手拈来的感觉,这非常好,老爸给你点赞

高,我的改动也越来越少。在此,援举一份申请自述的成文前后作为例子,见左页图。有关这篇自述的修改,和小冉的交流也一并原样呈现于此,见右页图。

文字的引导,率先是题旨的引导,题旨打开了,写作就会有所飞升,就像是一片开阔的天地,有了上下遨游的空间。

在和小冉合作公众号的同时,我也有过尝试做"少年良友亲子互动平台"的想象。总觉得,小冉和我可以做到的,许多家长和他们的儿女如果有意愿也可以做。从这个角度看,小冉的这本书,也应可视作一类写作尝试的打样儿吧。

当然,小冉的成长与我个人的人文交游认知有一些特殊因素存在,但这些特殊,放之于少年与城市、与师友、与社区、与看听读经验、与时代艺术、与传统文化的大结构中看,也不过是普遍性的一部分。重要的不是经验特殊,而是不间断的成长积累与见闻积累;这中间唯一不能指望一蹴而就,需要延绵不

断，水到渠成。

如同鲁迅先生的那句话："世上本无路，走的人多了，也便成了路"，置换为成长语境，或可以说是："世上本无路，走着走着，也便有了路。"

而对小冉来说，这本由公众号成就的小书，只是她成长过程中的一个路标。未来，她可能会沿着这条路前行，也可能借用这种寻路、开路的方法，走出属于自己的更多方向……

——能揣着理想与希望探路，应该就是最好的行走。

此间多次和小冉说，爸爸不是个成功论的鼓吹者，但一定是丰富与自由的鼓吹者，一如最有趣的人文学者，就是和你聊聊见闻，谈谈电影、音乐和阅读。

大漠，原名臧杰，1973 年生于青岛，长期致力于文化研究和公共文化空间构建，系良友书坊文化机构创始人。海派文化研究著作有《天下良友》《民国美术先锋》《民国影坛的激进阵营》等，地缘文化研究著作有《中国水彩先驱徐詠青》《油彩青岛》《青岛美术史稿》《青岛艺术史·文学史稿卷》等；曾获得中国文联文艺评论奖，山东省刘勰文艺评论奖。

图书在版编目（CIP）数据

循着文化的脚印慢慢长高 / 臧冉兮著. -- 青岛：
中国海洋大学出版社, 2022.11
ISBN 978-7-5670-3314-6

Ⅰ.①循… Ⅱ.①臧… Ⅲ.①随笔－作品集－中国－
当代 Ⅳ.①I267.1

中国版本图书馆CIP数据核字（2022）第210398号

XUNZHE WENHUA DE JIAOYIN MANMAN ZHANGGAO
书　　名　循着文化的脚印慢慢长高
出 版 人　刘文菁
出　　品　良友书坊
责任编辑　王　晓
策划编辑　杨　倩
装帧设计　杨永辉
出版发行　中国海洋大学出版社
本社网址　http://pub.ouc.edu.cn
电子邮箱　cbsbgs@ouc.edu.cn
印　　刷　青岛新华印刷有限公司
版　　次　2022年11月第1版
印　　次　2022年11月第1次印刷
开　　本　32开
字　　数　163千
印　　张　8
定　　价　50.00元

本书如有印刷、装订质量问题，请致电0532-87872799，由印刷厂负责调换